忙中閑有

下町のそろばん学校長日記

吉田政美
Yoshida Masami

草風館

目次

平成二十六年（二〇一四年）

最近思うこと

表紙カバー絵＝水村喜一郎「運河の夕陽」（竹紙絵、©口と足で描く芸術家協会）

はじめに

一般社団法人向島《むこうじま》青色申告会の毎月の会報に、「忙中閑有《ぼうちゅうかんあり》」として、ボクの駄文が掲載され始めてから二十年以上が経過する。この本の編集のため読み返してみると、「こんなこともあったんだ、あんなこともあったんだ」という、一種の日記のような感じを覚え、その時々のことが鮮明に思い出され、本当に有り難いことであると思える。

かつて珠算史研究上の恩師から「書いたものは活字にしておきなさいよ。生きた証なんだから」と教示されたことが思い出される。

さて、前回出版した『瞬く間』は、平成四年十月から十五年二月までのものを中心にまとめていた。今回は、その後から現在までの分をまとめることになる。

「忙中閑有」という言葉については、今回も記さなければならない。本来の漢語では「忙中有閑」が正しいのであるが、浅学な自分としては日本語読みのほうがあっているということで、こうしたのである。ご了解いただけたら幸いである。

この会報は、現在でも毎月二千部以上の発行がある。時おり、会員の読者から「毎月楽しみに読んでいますよ」と言われることもある。そんな時は「有り難い。嬉しい」と思うと同時に「そう変なことも書けない」という気にもなる。ボクは原稿を書き上げると、必ずカミさんに見てもらう。カミさんが「これはちょっと……」と首を傾げると、「それじゃ止めるか」と、別の話題について書き直すといった具合である。それがもう二十二年も続いていることに不思議な気がするとともに、これも何かの縁かと思わざるを得ない。

紙面をお借りして、向島青色申告会会員各位、事務局の方々、そしてカミさんに感謝申し上げるしだいであります。

また、後編に記した「最近思うこと」は、ボクの教え子たちや現生徒の今後のためにと書き足したものである。

昭和六年（一九三一年）に父、吉田忠八が創立した「向島珠算研究室」、戦後、都知事認可となった「向島珠算学校」も八十三年の歴史を刻む。本書を前回七十周年のときと同様に、少し早いが、創立八十五周年の記念本ともしたい。

時々教え子が懐かしがって訪れてくれたり、連絡してくれる時は嬉しいものである。ところが最近、名前と顔がなかなか思い出せない時もある。申し訳ないが、ボクも歳をとってきた証拠なのかとも思う。

この本が多少なりとも何かの参考になれば、有り難いと思っている。

※「忙中閑有」については、会報に掲載されたものをベースとしているが、単行本に編集するにあたり、加筆・訂正を行い、タイトルも大幅に整理・変更した。また、原則として、会報に掲載された年度ごとにまとめたが、連載で年度をまたぐものについては、前年度にくり入れた。

※「忙中閑有」では、客観的立場から自分のことを「私（わたし）」と表現したが、「最近思うこと」では、より私的なことを述べていくことになるので、「ボク」という代名詞を用いることとする。

忙中閑有

平成十五年（二〇〇三年）

目まぐるしい日々

二つの仕事

昨年十一月の寒く晴れた薄青い空に、小さな雲が一つポカリと浮かんでいた。束の間の休息といったように。その雲は、まさに私自身であったのかもしれない。

その後が強烈に忙しかった。約十日間、仕事の合間をみつけては、今度出版する本の原稿書きに没頭した。一気のことであった。次は、来年度の仕事のきちんとした計画立案と行動であった。この双方とも、一年前からの懸案事項で、方向性さえ決まれば、あとは実施あるのみであったのだ。しかし、時間のかかる作業であった。

この二つの仕事を先に進めるには理由があった。十二月は申告の仮決算、民生・児童委員の暮れの年中行事、さらに個人的にも集まりが多い月だったのである。これらも無事終わらすことができた。

一月の年始は、三日ほどボケッとできたが、すぐに菩提寺の総代の仕事。二月初めの役員新年会では、ある提案をしなければならず、住職から資料を受けその計画を練り上げる。そして、他の総代さんとの話し合い。手紙・ＦＡＸのやりとり、意見調整をしてなんとか合意に達する。その間に、十一月に書き上げた本の原稿の校正、さらに装幀・挿画を友人の版画家に依頼するということもあった。

まだあった。友人の画家の小学校での講演のアシストだ。これも半年以上前から決まっていて、画家と親しい私が仲に入っていた。私の所蔵する彼の絵画を小学校にお貸しし、当日は紹介役もした。低学年にはクイズ形式で、六年生には活躍している画家の人となりを話した。楽しい会となりホッとした。

この画家の件では、数日前から何度かあるテレビ局から連絡が入っていた。生出演する日に合わせ、私のところで取材がしたいと。若いころの作品を写し、私の話が聞きたいと。明日がその日である。

お袋の入院

二月初め、この原稿書きと決算のことをしようとした矢先、お袋のかかり付けの医院から電話。「お母さんに心筋梗塞《こうそく》の疑いがある。すぐ大きな病院で看てもらった方がよい。これから手続きを取りますから、とにかく来て、いっしょに行って下さい」と医師。

「困ったぞ。今日はカミさんも出かけていて、私一人。来客予定もある」と考えるが、もちろん「すぐ行きます」である。

置き手紙、子どもたちの携帯留守電への連絡、都内に勤める弟への連絡を数分で済ませ、医院へ走る。お袋は、二日前から時おり胸に重苦しい症状があることを、今日の通院で医師に伝えたらしい。心電図をとると、よくないということであった。医師の判断で救急車が呼ばれ、墨東病院へ。

再び、心電図がとられ、担当医に呼ばれる。「八十七歳という高齢ですが、カテーテルで検査して、問題があれば治療を行います。同意書にサインを」と言われる。この経験も過去に何回かあり、医師に従う。お袋は元気。

しばらくして、カテーテル検査室へ。途中、看護婦さんが「血管に少し血の固まりがあるので治療をしています」と、経過報告して下さる。そのうち、カミさんと娘、そして弟夫婦が到着。引き継ぎをして仕事に向かう。

早めの処置のすごさである。翌日には退院となり、本人は何事も無かったかのように、これまでと同じ生活をしている。八十七歳まで、若いころの盲腸での入院以来、たった一日の入院で済んだのである。かかり付けの医院の先生に、ただただ感謝である。

これから早期提出に合わせた決算報告と、一週間後までに仕上げなければならない原稿書きが一つと、会議用の下案、講演用の資料作りがあるが、それが終われば少しは楽になりそうである。

博物館と美術館への協力

私が会長を務める珠算史研究学会では、全国の博物館・資料館にある「古そろばん」の調査を行っている。年代や産地の検証である。それぞれの学芸員の方たちも「そろばんのことは、さっぱり判らなくて」と協力して下さる。「五玉二つのそろばんは、どう使うのですか」という質問にも答えながら、楽しい会話が弾む。

昨年、当学会の副会長が埼玉県立博物館（大宮公園内）を調査していると、一人の学芸員の方が非常にそろばんに関心をもたれた。それが縁で、同博物館主催、当学会共催で、四月二十六日（土）から七月十三日（日）まで、古そろばんの展示スペースを設けていただけることになった。当学会でも毎週楽しい企画をと提案しているが、果たしてどうなるやら、現時点ではわからない。一月と二月の二回にわたり、展示物の資料作りを当学会の事務局となっている東京珠算史料館（亀有）で行った。

当学会の今年度の見学会は、三月末、二泊三日で山形県の十八カ所におよぶ博物館・資料館・個人宅の訪問であった。三百年以上前のものと思われる五玉一つ、一玉五つの貴重な珍しいそろばん。さらに、五玉三つ、一玉五つ（日本では五丁発見されている）の調査も行った。

さて、次は水村喜一郎氏の個展についてである。四月十二日（土）から六月二十九日（日）の金・土・日・祝日開館となる群馬県の特定非営利活動法人「中之沢美術館」（東武「赤城」駅からタクシーで三千円ぐらいとある）での催しである。五月十七日（土）には、水村氏のギャラリートークが組まれている。ここにも、私の気儘な美術館の所蔵品も何点か展示される予定である。

今年は、私の所属する団体のイベントがいくつかあり、忙しさはまだまだ続くようである。

気分転換

どこかに行こう

忙しい中にも、ふとした空き時間もある。そんなチャンスは見逃してはいけない。「たまった仕事を」なんて野暮な考えは捨てなくては駄目だ。忙しい時は、なおさら上手な気分転換が必要なのだ。

つい先日の夜のこと、子どもたちに翌日の予定を聞く。一人は出かける予定がなく、お袋のことも大丈夫。カミさんに「よし、明日はどこかに行こう」といった具合だ。カミさんもここ数ヵ月は大変だった。お袋の病院通いの付き添い。さらに実家の八十歳になる父親が風呂場で居眠り。救急車を呼び事無きをえたが、心配事が続いていた。しかし当の本人たちは、いたって元気。病気や事故を心配する様子もなく、いつもと変わりなく過ごしている。それが有難い。

さて当日、東武線の準急に乗り春日部《かすかべ》へ、野田線に乗り換え「大宮公園」駅下車。小一時間で車窓からの景色が、緑の多い地帯へと変化していく。

まずは、駅の改札口から五分ほどにある盆栽町へ。石畳の道路のある一画へ入る。大正・昭和初期の高級住宅街といった風情のある雰囲気を漂わせている。途中にある北沢楽天の記念「漫画会館」をゆっくり見学。

盆栽園は、数日後に行われる盆栽祭の準備をしていた。その作業の中を、品名と金額の記した札をみながらの作品鑑賞となった。「安くなっていますよ」と作業員。金額のない立派な松の盆栽に「これは、いくらするのかしら」とカミさん。買う気もなかったから、値段は聞かなかったが、「きっと驚くほど高いと思うよ」と私。

辺りの家々の庭は、緑と花でいっぱい。文化財となっている建物、面白そうな店にも立ち寄って二時間近くの散策であったろうか。漫画会館で教えてくれた食事をする店は開いていなかった。さて、どうしよう。

レストランでの会話

「この辺りは鯰《なまず》かな」とも思ったが、きっとカミさんは「ノー」と言う。埼玉県立博物館前にある何かの記念館の地下に中華飯店があった。とにかく少し疲れていたので、ありきたりだがランチを選び注文。ビールで乾杯。カミさんは、外食ならほとんどのものが「おいしい」となる。作る手間、後片づけもなし。「そうなんだろうな」といつも納得する。

かなり広い店内だったが、その日は客も少なく三組ほどだった。芝生のある中庭近くの大きな円卓に二人でゆったり。食後のコーヒーを飲んでいると、客は私たちだけとなってしまった。ウエイトレスが近寄って来て、庭を指差しながら「孔雀《くじゃく》サボテン、ほんの今、花が開き始めたんですよ。もう少しすると満開になりますよ」と教えてくれる。目をやると、オレンジ色の蕾がいくつか、その中の一つが花弁を広げ出している。「ずいぶん大きなサボテンだね」「そうですよ。珍しいでしょう。ここは午後から、よく陽があたりますから」と話が弾む。

どこかに出かけた時は、このような地元の人との会話が、少しでもあると楽しいものだ。夫婦だけの会話で帰宅するのも、私には少し寂しい気がする。現在は車社会。そして、近所の方たちとのあいさつも無くなっている。行動範囲は広がっていても、人間関係の輪は狭くなってきているのである。

のんびりと楽しんだ昼食も、そろそろ席を立たないと、次の見学先の時間も無くなってしまう。孔雀サボテンの開花は想像することにして、「おいしかった。ご馳走さま」である。

先ごろ紹介した珠算史研究学会が共催している「そろばん再発見」という企画展が行われている博物館に、カミさんを連れてきたかったのである。通りを越すと、緑濃い館内である。

博物館見学と仕上げの乾杯

「そろばん再発見」の展示は、七月半ばまでの長期間になるが、私は、四月二十六日の初日以来二度目である。その初日には、展示の問題点の指摘と打ち合わせだけであったので、他の展示物をゆっくりと見学したかったのである。

カミさんと二人、縄文時代からの埼玉の歴史を、説明書を頼りに順を追って見ていく。私にとっては、この博物館には知り合いとなった学芸員の方、さらに打ち合わせで名刺交換をした副館長さんがいる。また、数日後は、私もこの館内での一つのイベントを担当することになっている。そう考えると、きちんと見ないと失礼になる。そんな気になるから面白い。当博物館の目玉である所蔵品「太平記絵巻」は、やはり素晴らしい。

二時間ほどかかったろうか。解説員に質問をしてみようとも思ったが、休憩時間であったのだろうか、その席には人影は無かった。さて、次は大宮公園内の散歩である。思いのほか、多くの人たちがいる。みなそれぞれの休日を楽しんでいる。大きな公園である。

駅前のコーヒー店で一休みした。せっかく来たのだから、そのまままっすぐ帰るというのも、もったいない。「草加あたりで下車して、面白そうな映画でもやっていたら見るか」ということになる。帰宅予定時間を留守番の娘に伝えてあったから遅れるのはまずい。「時間が中途半端よ」という映画館前のカミさんの一言で取り止め。「ちょっと一杯飲んで帰るか」と言う私に「そうしましょう」とカミさん。居酒屋で仕上げの乾杯。

十時間ほどのカミさんとの小さな旅。カミさんとの結婚生活も、彼女の娘時代と同期間となった。「どうだった」と感想を求めると、「女が結婚して親と同居するというのは大変なことなのよ」と言われてしまった。

またチャンスを見つけて出かけるとしよう。

親子関係を考える

家族での話し合い

どんどん低学年化する少年犯罪は、日本中の小・中学生の子どもを持つ家庭を不安に陥れている。自分の子どもが被害者になるということも耐えがたいことだろうが、加害者となってしまう恐怖心の方が大きいようである。子育てに自信を失くしてしまう親が増大しているという。

しかし、そのことに不安だけを感じていてはいけない。子育て教育の教材となるようにすればよいのである。事件のあるたびに家族で話し合い、親の考えを伝える絶好の機会としなければいけない。そのようにしていかないと気が滅入るばかりである。

さて、そのような話し合いの時に、親としてどんな基本的な姿勢が必要かということになる。まず、この世で最も大切なものは何かということになる。それは、自分の生命であるということ。その生命がなければ、楽しいこと、美しいことを感じ取ることができないのだということ。そして、その大事な生命に危険が迫ったらということを、自分の立場で考えさせることである。

今の子どもたちは、総じて殴《なぐ》り合いの喧嘩《けんか》、つまり身をもって大きな痛みを経験していない。だから、事がおきると相手を徹底的に傷つけてしまうのであろう。この辺でという歯止めがきかないのである。そう考えないと理解がつかない事件が多いのである。

これは身体的暴力だけに留まらず、仲間外れや言動による「いじめ」についても同じようなことがいえよう。自分がされる側になったらということを言い続けなければならない。

また、そういう話し合いの時に、子どもの身の回りで起こっていることを聞き出すのもよいだろうし、犯罪のことだけでなく、明るい話題についても語り合う必要もある。また年に何度かは、親子それぞれの将来についても話し合うべきである。そして、子どもには多くのことを期待し過ぎないことだ。

親は子どもの友人

それでは子どもに何を望んだらよいのだろうか。親は子に、野球のイチロー、サッカーのヒデのような若くして自分の夢を華々しく実現していくような将来像だけを思い浮かべて接してはいけない。自分の子に優れた才能を感じたとしても、その夢の実現は、あくまでも本人の努力により成り立つものであって、親のできることは、協力するということだけである。そしてその夢は、行動とともに変化していく。続けるか断念するか、また、別のものに魅力を感じていったりするのである。一度決めたことが、いつまでも実行できるとは限らない。それは親が、自分の経てきた道を考えれば当り前のことで、子どもが駄目なわけではないのである。

一般的には、親は子の学業修了後に、自活・自立できるようになることを願っている。すなわち、学業への援助が終えたら、自分の力で働き、生きていける者に成長して欲しいのである。

子育てで難しかったり、楽しかったりするのは、その過程である。誕生から十歳ぐらいまでは、親とべったりの生活で、子どもの考えることは、親の普段の言動そのままが反映されることが多い。十歳を過ぎると、子どもの生活に社会性が生じてきて、親の影響だけで育つということではなくなる。親は、子どもを見守るという時期に移行していく。見守る過程で、おかしな変化を感じたら話し合い、子どもの気持ち、考え方を理解し、必要ならそれを修正させていくという積極的な働きかけが大切になってくるのだと思う。

親は、子育てに関しては、その子が自活・自立するまで、さらに、その後までも続くものだと覚悟しなければならない。親自身の親しい友人との付き合いのように、子どもとの関係を、楽しいものに築き上げていかなければならない。親は子どもにとって、先生ではなく、親しい友人なのである。

親子関係を見直す

さて、親が子どもの自活に伴って望むことである。

今の日本では、学業を終え働き出したとしても、自分の収入だけで生活できるということは難しい。一般的に、親の支援は、しばらくの間は続くのだと思う。さらに、結婚・住居の購入時には、子どもは親を頼るというのが実情であろう。

また、高齢化社会の最近の傾向として、親は子を頼らずに自分たちの生涯を終えようとしている方が多い。そんな理由からだろうか、高齢者夫婦だけ、さらに一人暮らしの方が増加しているのである。現在は、年金等の収入がまだ安定していて、それも可能だからであろうが、若い親にとっての将来は不安定なのである。

親は子に対し、老後だけに限らないが「もし、自分に何かあったらよろしく頼む」ということも伝えていかなければならない重要なことだと思う。子育てのことを考えたら当然の要求であり、子どもに感謝の気持ちがあるなら当たり前のことである。しかし、そういう思考を教え込むことを今の日本は忘れているのだと思う。

もちろん、親が子を頼らないで済めば、それにこしたことはない。しかし、それを実現していくには、年金をはじめ社会保障制度の充実が伴わないと、その考えは、維持できなくなるのである。バブル経済崩壊後の長引く不況下では、家族一丸となって協力していかざるを得なくなってきているのである。

親子が協力し合って家庭を築いていく。それこそが正に社会性の原点であり、親は親、子は子でお互い別々の道を歩むという、つい最近までの風潮は改めるべきである。そういう視点で、親子関係を見直す時期ではないのだろうか。一連の少年犯罪をみるにつけ、親子の関係が希薄になっているように感じるのである。

カミさんとのブラブラ散歩

ルートを変えて

月に一度くらいはカミさんと出かけることにしている。買いものや美術館等へのブラブラ散歩を兼ねたものである。土・日の休日が主であるが、平日のこともある。八十八歳になるお袋を一人で留守番させるというのも心配だから、子どもたちのスケジュールとの相談となる。

条件が整った日のこと。何度も行っている場所へは、交通手段を変えてみる。結構いろいろなルートがあって、電車賃なども異なることに気づく。また、散歩のことを考えて、降りる駅を手前にしたり、先にして歩いてみると、思わぬ街並の発見や面白いことにぶち当たることもある。

先日はこうだ。上野の美術館での招待券が手に入った。そこで、普段なら浅草経由銀座線で、あるいは北千住経由日比谷線、またはJRでということになる。いやまだある。牛田(関屋)経由京成線もあった。しかし、その日は、北千住経由千代田線で根岸に、そこからの散歩とした。

標識や地図看板を頼りに進む。都立上野高校をぐるりと回り、東京芸術大までくると、たくさんの人影。大きな音のドラムやエレキギターの演奏が聞こえる。大学祭だ。カミさんに「入ってみるか」と聞くと、「そうね」とまんざらでもなさそう。まず進行方向右側に当たる美術学部を訪れる。構内は模擬店でいっぱい。食べ物、学生がデザインしたものであろうTシャツ類の売店もある。先ほど聞こえた音楽を演奏する場には、若者たちが群がっている。そのそばのビールの飲めるテーブル席は満杯。あきらめて美術作品が展示されている校舎に入る。客はチラホラ。日本画が主であったが、ちょっと見た感じでは油絵と思える作品が多い。現在の傾向なのであろう。

これらの作品の作者である学生たちの中で、将来、何人が絵描きとして生活できるのか、と考えてしまう。

バイキングのランチ

次は通りを渡って反対側の音楽学部へと移動する。ここには、私の学生時代には、何ともいえない雰囲気の図書館がある木造建築の建物があったのだが、今はもう見当たらない。

一つのイベント会場では、アジアの民族楽器の演奏。さらに、奏楽堂《そうがくどう》という近代的な音楽ホールでは、室内楽の演奏をわずかな時間だったが楽しむ。

本日の目的は、東京都美術館での催し物。もうその頃は、私もカミさんも疲れていた。ゆっくりと鑑賞する気持ちになれず、作品群の前を素通りという感じで外に出る。

さて、本当の二人の目的は、腹をすかせてリーズナブルなランチを食べることだ。上野だと二、三のおきまりのコースはあるが、早く椅子に腰を下ろしたい。西郷さんの銅像の脇にあるレストランに入る。バイキングである。食べ放題には、よく行くことがあるが、量が問題なのではない。私たちにとっての良い点は、長時間休めること。デザートを食べながらコーヒーも飲めることである。食事とお茶が同時にできる。一挙両得なのである。

食べ放題、飲み放題は、若い時ならいざ知らず、ある程度の年齢に達したら、身のほどをわきまえなければならない。後で苦しくなるような暴飲暴食は避けなければ。

私とカミさんのバイキングでの食事の仕方はこうだ。お互いの好みのものを、食べられそうな量だけ一皿か二皿にとる。好みが違うから多少異なる食べ物が並ぶ。別注文のビールを飲みながら、お互いの皿にも手を伸ばして時間をかけて、会話を楽しみながらといった具合だ。腹七、八分目にして、お茶とデザートを楽しむスペースを残しておく。ゆったりとした食事時間が最高のご馳走なのかもしれない。そんな調子なのであるが、いつも食べ過ぎた感があるのはどうしてだろう。

上から眺める隅田川

浅草とか北千住辺りなどは、時おり歩いていくこともある。北千住へは桜のころがいい。荒川放水路の土手を上流に向かって進む。堀切駅の先を道なりに下った柳原から旭町にかけての通りの桜並木が見事である。地元の人が歩道にゴザを敷き、花見をする光景もある。花見の穴場である。

話が横道にそれたが、その日は平日。まず百花園の萩のトンネルをくぐる。ちょっと申告会の事務所に立ち寄る。思いもかけぬお茶の接待に、事務所の皆さんとしばし歓談。鳩の街商店街を通る。「ここは初めて」とカミさん。私にとっても記憶がほとんどなくなってしまった久しぶりの長い小路である。こんな街並を活かし、再開発はできないものかと考えながらの散歩である。

牛嶋神社にお参り、隅田公園内を通り、アサヒビール本社ビルへ。本日の昼食の場である。墨田区役所の隣りのビールジョッキを模した高層ビルの最上階である。金色の部分はビールの色、上部の凹凸のある部分はビールの泡を表しているのだろう。隣りの低いビルの上にある変な形のモニュメントは、魂（ハート？）を表現したものだと聞いている。

私とカミさんがここでの食事を気に入っているのは、隅田川を上から眺めることができるからである。晴れの日、曇りの日、雨の日、川のある風景は、心を落ちつかせてくれる。ことに舟が上下して通る光景が私は好きだ。「のんびり生きろよ」と言われている感じがする。和食・洋食のレストランへは何回か来ている。今日はイタリアンだ。ランチタイムは、二人分の料金を支払う私にとっても有難い値段だ。

月に一回程度のブラブラ散歩。毎日三度の食事を作らなければならないカミさんにとっても楽しみなようだ。今度はいつになるか。

平成十六年（二〇〇四年）

不安に感じること

自衛隊のイラク派遣

世の中、不安に感じることが続いている。第一に、自衛隊のイラク派遣である。復興人道支援という名目。その名の通りの活動が可能なのか。アメリカや他の国の軍隊のような警察的治安維持活動だけに留まらないでほしいものだ。日本は、イラク支援として、かつての湾岸戦争同様に資金援助も世界最大の拠出国となる。その使われ方も問題だ。建設的なものとし、被災者の雇用を生み出し、イラク国民の共感をよぶものとしてほしい。けれど、そのような活動は、果たして自衛隊だけで可能なのだろうか。

また、イラクは多数の民族・思想の入り混じった国。世界では、いまだにそのような国では、独裁的な政治が行われている。そこに欧米や日本の民主的政治が、短期間で確立するのであろうか。

さて、近々憲法改正問題が国会で論議されるという。現行では、憲法改正には国会議員の三分の二、国民投票の過半数の賛成がなければ成立しない。

自衛隊も、憲法の拡大解釈として存在しているのである。六十年間続いている平和憲法。その期間に行われてきた法解釈の変化こそが現実なのである。憲法違反の矛盾を露呈しているのが、今回の自衛隊派遣であることに間違いない。そのような矛盾のない憲法への改正。それを論議することに異論を唱えるつもりはないが、戦争や紛争のない世界を創造していくのが日本の姿でなければならない。地球的思考の憲法論議が展開することを期待する。

現在、小・中学校の国語の教科書には、各学年とも必らず戦争の悲惨さ、平和の尊さを訴える内容の教材が載っている。そうした中での今回の混乱の中の派遣。派遣される自衛隊員の無事を祈るだけである。

年金問題

次は年金問題についてである。

日本では、二十歳になると国民年金加入および年金保険料の支払いが始まる。学生などの立場にあり支払いできないときは、延納措置が可能となってはいる。我が家では、二人の子どもが二十歳になった時から親が支払いをしているが、そうできない家庭も少なくはないであろう。

国民年金料の未払い者が四割近くあるという。経済不況と終身雇用制の崩壊等、日本の社会構造の変化からくる経済的圧迫が主な要因であろうが、ただそれだけではなさそうだ。国民年金の支給額や高齢者対策にも問題があるのではなかろうか。

例えば、現行の毎月五、六万円の支給額で、生活が可能なのであろうか。住居が確保されていれば何とかなるのかもしれないが、そうでない場合は、別の収入あるいは貯えがない限り不可能であろう。年金だけで安心して暮らせる社会の構築が必要なのである。基礎年金である国民年金に魅力がないのは、その辺りのことである。

就業者と企業側が切半する厚生年金制度も限界という。企業側は負担の少ないパート従業員の採用を推進するという雇用の悪循環が続いている。安定しているのは、公務員の共済年金だけなのであろう。

すべての年金を基礎年金の国民年金に一本化し、その充実を図るべきである。もちろん、年金料の引き上げや年金目的の消費税アップ等の課題も多いとは思うが、老後を心配する現状を打破し、安心できる将来を感じることのできる年金制度に大変革すべきなのであるが、やはり小手先の政策となっているようだ。

増加し続けるホームレスのビニールハウスを公園や河岸に見るにつけ、何とかならないものかと考えてしまうのは、私一人ではないと思う。

社会問題と社会の流れ

次に食料問題である。牛のＢＳＥ、鳥インフルエンザ、さらに豚も危ないという。かつて、水俣病にみるように海水汚染による海産物摂取への不安があった。これに対しては、工業廃水の浄化改善がとられた。農薬汚染による農産物問題もあった。最近では、有機栽培による生産農家が増加し、生産者の顔・生産方法が情報としてわかるシステムが開発され、より安全な食物の入手へとなってきている。だから、牛肉等の問題もいずれ改善されてくるのであろう。

最後に様々な犯罪の増加である。オレオレ詐欺、金融機関の自動引出機強盗、殺人、児童虐待など枚挙にいとまがない。犯罪ではないが、引きこもりやエイズが急増しているという。どうなっているんだ日本は、どうなるんだ世界は、と不安材料は確かに多い。

世の中はどうであれ、個人の日々の生活は自分で気をつけ、精神状態を健康に保っていくしかないのである。特に、自分の身の周りのことに常に気を配り、変化に敏感であるべきで、その対応に積極的に取り組むことが大切である。

とはいっても、人は狭い自分だけの範囲で生きているのではなく、大きな社会の流れの中に存在している。好むと好まざるにかかわらず、社会の流れに影響を受けるのである。そして、その流れを決定するのは、役割を担った者たちなのである。

すなわち、政治的問題に関わる者、社会福祉問題に関わる者、生産に関わる者、それぞれの行動が社会の流れを決めていくのである。だから担当者は、その場しのぎではなく、十年先、百年先を見すえて、さらに地球規模的見地に立った視点で行動をしてほしいのである。

そう考えると、今の担当者は？と、またまた不安に？

義姉のこと

身近な者の死。これほど人生のはかなさを感じさせるものはない。

三月末、次兄から「ダメだった」と、元気のない電話が入った。正月の新年会には、夫婦そろって我が家を訪れていた。その時には「暮れから腹部の調子がよくなくて、今日も痛み止めを飲んでるのよ。胆石らしいんだけど、今月末には入院して検査する予定なのよ」と言いながら、アルコールの入ってしまう兄の運転手役を、例年のように淡々とこなしていた。

兄夫婦の結婚は三十五年前、私の学生時代のことであった。職場結婚で、披露宴での会社仲間の祝福は、私にとっても「こうありたい」と思えるほど楽しく華やいだものであった。

新居は、当時流行のできたての公団住宅で、何もかもが高度経済成長という波に身をまかせていたように見える二人であった。まもなく二児に恵まれ、次男が小学校にあがるころ、埼玉県に建売住宅を購入するという、いわゆる典型的なサラリーマン家族を築いてきた。

一月の検査・入院・手術で、片方の腎臓と膀胱《ぼうこう》までの尿管を切除。担当医は「もって半年、抗癌剤は投与しない」ということを告げた。その後、腹部の痛みが続いたという。兄も、「痛い。痛い」と言われるのが「一番辛かった」と、葬儀の時につぶやいた。

数年前から始めたというゲートボールについて、我が家を訪ねる度に「面白いわよ。政美さんも、もう少ししたら始めなさいよ」と私に勧めるのが最近の口癖であった。

六十歳の死。一生懸命に生きたんだと思う。平均寿命……と、よく人は言うけれど、どこまで生きられるのかは誰にもわかりはしない。死は「神のみぞ知る」といった領域である。

兄は、独立して暮らしていた長男と、五年前に夫婦で協力して建て直した家で暮らす。「息子が料理が上手で助かるよ」とつぶやく。

「姉さん、天国から見守り給え」である。

隔世の感

先日、山梨県の山中湖と河口湖の中間あたりにある「忍野八海《おしのはっかい》」という富士山の湧き水で有名な場所に、約二十年ぶりに行った。

バスの中で、隣りに座った友人に、過去の私の記憶を話した。「湧き水でできた小さな池がいくつかあって、それらの中に、マス等の川魚がたくさんいた。水が冷たいので余り大きくは成長しないらしい。周りは何もない野原という感じで、一軒のみやげ物店か宿だったか忘れてしまったが、ポツンとあるのどかな所だったな」と。

ところが、バスの駐車した場所の周りには民家が建ち並ぶ。そして、忍野八海へ続く道の両側には、きれいなみやげ物店がズラリと我々を歓迎しているではないか。いわゆるどこにでもある観光地の風景になっている。あまりの変わり様で、私は呆然とするばかりであった。

バスガイドの案内で、自然とはほど遠くなった現在の観光スポットを散策する。同行の方たちの中からも「五十年前は、何もなくてここから眺める富士山は素敵だったのよ」とか「この池のそばまで車で来れたのよ」とか、私の経験を代弁してくれる会話が耳に入る。しかし、建物越しに映る富士山の姿は、美しく雄大であることに変わりはない。初めて訪れた方たちの「忍野八海、いいとこね」と話す声にも「そうなんだろうな」と納得せざるをえない。

久しぶりに訪れた土地の変わり様に驚かされるという経験は、よくあることではあるが、私の今回のそれは、自分が浦島太郎になってしまったのではないかという、隔世《かくせい》の感といった表現がピッタリのものであった。

私たちの住む墨田でも、数年ぶりに来訪される方にとっては、同様の光景がたくさんあるに違いない。住む人、訪ねる人にも好感のもてる土地にしたいものである。

盲導犬の活躍

盲導犬の特色

先日、私の所属する会の研修が、神奈川県にある盲導犬の訓練センターで行われた。かつてＮＨＫの特集番組での盲導犬の放映を見ていたので関心があった。

案内された広い会場には、解説役の視覚障害の方と、おとなしいラブラドールとゴールデンレトリバーの盲導犬がいた。しばらくすると、もう一人の解説者と黒い犬が入ってきた。多くの観客に興奮したのか、その犬は会場内を走り回る。この犬は、ラブラドールとゴールデンレトリバーの雑種で、この種の犬は盲導犬としては一代限りという。この犬も盲導犬としての資格を得てはいるのだが、まだ幼く経験不足だという。

ここで、二人の解説から得た知織を紹介しよう。

①盲導犬としての活躍期間は、七~八年ほどで、その役割を終えると余生をのんびり過ごせる施設に送られるか、一般家庭に引き取られる。犬の寿命は、十五年ぐらいとか。

②解説にあたった視覚障害の方にとっても、そばにいる現在の盲導犬は、四代目になるという。

③視覚障害者といっても、いろいろなケースがあり、盲導犬を連れていても全然見えない人とは限らない。

④現在、盲導犬を希望している方は、日本国内に五千人くらいいる。しかし、現在のところ盲導犬は千頭にも満たない。

⑤盲導犬は、道案内をするのではなく、通りを渡る場合や道に段差がある時などに止まって、それを伝えるだけ。進むか、止まって待つか、右に行くか左に行くかは、すべて視覚障害者が指示を出さなければならない。だから、交差点などで迷っている方を見かけたら「大丈夫

ですか、お手伝いしましょうか」と声をかけ、必要ならば安全な場所まで誘導してあげるべきである。
⑥盲導犬は、自分の目の高さまでは注意ができるが、それより高い位置にある障害者にとっての危険物には注意が行き届かない。
⑦盲導犬に声をかけたり、触れたり、エサを与えようとしないこと。すなわち、盲導犬の気の散る行為はしないこと。
⑧盲導犬になれるのは、訓練された犬の二〜三割程度。すなわち、犬にも向き・不向きがある。それで盲導犬にならない犬はどうなるかというと、手・足の不自由な方の介助犬として、病院や養老院などの癒《いや》しの存在として、また、一般家庭のペットとして生きていくそうだ。

できること、できないこと

視覚障害に限らず、障害をもたれた方には、自分でできること、できないことがある。健常者の場合でも、高い所の仕事、重い物の持ち運び等、考えてみたら自分一人でできること、できないこと、いくらでもあるのだ。

ただ、障害を持たれた方には、できないことが、健常者よりも少しだけ多くあるだけのことなのだ。私の知り合いにも、何人かの障害者がいる。彼らは、別に愚痴《ぐち》も言わずに、できないことは「頼む」と言ってくる。頼まれたらしてあげる。ただそれだけのことだ。

よく人は、障害者の行動をみて、例えば「手がなくて、大したものね。私たちなんて、両手があってもできないものね」と、何か別世界のできごとのように言う。

私は思う。障害者でも健常者でも、他人を感動させることのできる人は、優れた才能を発揮している人なのである。そんな人たちも、できること、できないことはあるのである。できないことは、周りの人の助けを求めなければならないのである。

現在、ロボットの開発が盛んである。危険を知らせてくれる盲導犬に代わり、ナビゲーターの役割も備えたロボットの出現も近いのかもしれない。ただ、心の問題はとなると、難しい。

冬ソナとアテネオリンピック

純愛的清潔感

今年の夏は、とにかく暑い毎日であった。連日三十五度を超え、三十度少しの日だと涼しささえ感じるほどだった。

こういう夏は、一日一回大汗を流すこと、こう決め込んだ。仕事中は冷房の中、それ以外はわずかの運動をしながら、ひたすら汗だくで過ごすわけである。飲み物にも気をつかう。黒酢の薄めたものとか、スポーツドリンクを流れ出た汗の補給とした。お蔭で無事なんとか乗り越えられた気がする。

六月ごろだったか、熟年女性たちが空港に押し寄せる「ヨン様フィーバー」を、テレビのニュースで見た。さらに、北朝鮮拉致被害者の蓮池さんの帰国した子どもたちも、韓国ドラマ「冬のソナタ」で社会情勢の違いを学んでいると報道されていた。いったい、「冬ソナ」って何だ。「これは一度見ておかないと」と思い、九回目あたりから見始める。

初めは、日本の三十～四十年前のメロドラマを見ているような気がしたが、役者の会話が新鮮に思えたことと、韓国の生活様式も垣間みられるようで興味がわいてきた。そして次回の内容の推理を始めていた。カミさんや子どもを巻き込み謎解きをする。それがことごとく的中したのだ。土曜日の夜の放送が楽しみとなっていった。最終回も主人公のユジンが設計した家をチュンサンが建て、そこで二人は再会し完結する。私の予想はやはり当たっていた。

二～三年前に制作されたこの韓国ドラマが、なぜ日本で大ヒットをしたのだろうかと考える。相手の幸せを考える恋愛観、お互いが仕事をしっかりもっている生活観、日本では失われつつある純愛的清潔観が、進行する内容とマッチしていたのであろう。ゆったりした音楽も映像を引き立てていた。それらのリズムが、日本の熟年層の本来のリズムと合っており、共感を呼んだのだろう。

冬ソナと比べ、日本のドラマは視聴者のターゲットが若者向けに偏り過ぎているのではないかと思う。熟年層にも、ドラマを社会現象化するパワーがあることを冬ソナは証明したのである。つまり、冬ソナのヒットは、日本経済の熟年層開拓のカンフル剤となるような気がするのである。

特筆すべき快挙

さて、最終回の冬ソナのクライマックスと同時ごろ、アテネオリンピックでの選手たちの活躍で、日本じゅうが盛り上がっていた。

日本は、史上最高の数のメダルを獲得。連日ニュースで、選手たちの活躍や家族・支援者たちの喜びの姿が報道されていた。活躍を予想される選手たちは、競技の前に過去の苦労場面をドラマ化した映像が流された。一流になる、超一流になるということは並大抵の努力ではなしえないこと。何度も壁に突き当たり、それを乗り越えていく。その過程が最も大切なのだと声高にいわんばかりに。

私が感動を覚えたのは、女子柔道の重量級の選手たちと陸上男子のリレーであった。いつも谷亮子さんの影に隠れてしまうような選手たちの試合中の必死の顔と、試合後の歓喜あふれる涙と笑顔であった。やり遂げたという誇らしさとともに可愛いらしい顔がそこにあった。男子陸上四百メートルリレーと千六百メートルリレーが決勝に残った日本選手の活躍は、そうは見られない。これだけは見逃せないと思った。予選から選手たちの顔は真剣そのものであった。決勝でともに四位となった。日本の陸上競技史上、特筆すべき快挙であると私は考える。今まで欧米に歯がたたなかったことが、少しずつ少しずつ近づいている。そんな感覚を覚えた。

そんな暑い夏の中、イラクでは紛争が絶えなかった。日本でも各地で台風の被害があった。九月になると、ロシアの学校でのテロ被害が報じられた。

震災に備えよう！

自然災害は忘れたころにやってくる。新潟県中越地震の連日の被害情報は、十年前の神戸の記憶をも鮮明によみがえらさせる。被災された方々には心よりお見舞申し上げる。

さて、このような地震が東京を直撃したらどうだろうか。墨田区内だけでも人口約二十四万人。避難する場所も、どう考えても足りないのである。東京近辺すなわち首都圏には、日本の約三割以上の人口が密集している。被災者が百万人単位となることは間違いないのだ。交通網の寸断で、救援物資なるものがいつ到着するのかも予想がつかない。東京では、震災から自分の身を守るためには、普段からの各自の備えが必要なのである。

我が家では、神戸大震災以後、アウトドア用のポリタンクと清涼飲料のペットボトルに水道水を貯え、一ヵ月ごとに入れ替えている。入れ替え前の水は風呂に使う。その前に飲んでみるが、何ともないのである。

それから食料である。缶詰入りのカンパンも用意してある。二〜三日は、火も使えない状態となろう。そこでそのまま調理なしで食べられる物が不可欠なのだ。娘は「カロリーメイトも用意しようよ」と準備している。しばらくすれば、火も使え、水さえあれば湯を沸かし、温めるだけで食べられるレトルト食品は豊富にある。ただし、常温で保存できるものに限る。

次にテントである。家屋の倒壊。倒壊しなくても、家の中で暮らせないことが想定される。今回の新潟では、車の中で生活する人々が多数いた。車のある方は、一時的には当然のことであろう。しかし長くなれば、手足を伸ばして寝られる場所が必要となるのである。我が家でも、テントは用意してある。テント張りの練習も必要とは思うが、あれば安心である。幸いにも我が家では一度も使用したことがないが。

備えあれば憂いなし、一週間分ほどの水と食料を常備しておくことは、密集地で生活する者の常識なのかもしれない。

平成十七年（二〇〇五年）

増税元年

夢のない社会

少し前まで経済大国と言われ浮かれていた日本が、あっという間に借金大国に変身してしまった。その時々の政府が打ち出した経済再興策も、常に後の政府にシワ寄せがくるものだったのである。一つ一つの政策が、一定期間で完結せずにダラダラと続く。十年先、二十年先、百年先……いやはや一〜二年先の姿さえも見えてこないのである。

国家というのは税金によって成り立っているもので、借金大国の現在の日本政府は、結局何もできないのである。国民は、自分の身は自分で守るという思考法を、日々念頭に入れ生きていかなければならない。高度経済成長の下で大多数の生活が右肩上がりで上昇していくという構図は、もう古いモデルとなってしまったのである。

そういう夢のない不安定な社会に我々は生きているのである。いつ自分自身にリストラ、倒産、廃業等の問題が起きるかわからないといった心配要因を抱えて生活しているのだ。大人、すなわち親の世代がそうなのだから、若者や子どもたちも将来に対する不安を実感しているのである。昨年の自殺者の急増。それには、借金苦、インターネットにおける集団自殺もあろうが、総じていえることは現代が夢のもてない時代ということの証拠なのだと思う。

さて、今年から売上一千万円以上の業者への消費税課税がスタートする。また、従来のいろいろな減税措置も打ち切られる。義務教育における歳出削減案等もある。消費税だって数年後には税率アップということである。まさに本年は増税元年となる。そんな気のする平成十七年なのである。

しかし、我々はそんなことにへこたれてはいけない。何とか工夫して楽しい生活を過ごせるようにしなければならない。

娘の提言

先日、娘が「私のケイタイの留守電機能をキャンセルしようと思っているの。お父さんとお母さんのも同時にキャンセルしたら。どうせほとんど使っていないんでしょ。一ヵ月三百円かかるんだよ」と言う。もちろん、娘のアドバイスに従った。

私も五十代半ばを過ぎた。新しいことへの対応は鈍いのである。今年九十歳になる母親はもっと大変で、新しい電気製品の使い方になかなか慣れないでいる。私たちは、娘の節約術のような新しい発想をどんどん吸収していかなければならない。そして、たとえすぐにはわからなくても、母のように新しいものを使う意欲は持たなければいけないのである。

「増税はいやだ、いやだ」と言っていても、国の方針に逆らうわけにはいかないのである。ダメな政府は選挙で倒すしかないのだ。現在、国の歳出問題について、いろいろな疑問の声が上がっている。無駄を排除し、税率アップを極力押さえていく賢い政府を国民が選択すべきなのである。日本という国の借金が、いつになったら解消されるのか、気の遠くなるような話ではあるが、その解決策は国民一人一人の知恵にかかっているのだと思う。

さて、今我々にとっては、平成十六年度の決算・申告の時期である。また、新年度の予算を考える時期でもある。導入される消費税等の税金対策も考慮した名案を、智恵を振りしぼり考え出しましょう。自分や家族だけにとらわれずに、税金関係、すなわち節税と思われる問題は、我々の青色申告会事務所を大いに活用しましょう。また、その他の問題も、自分の手にあまることがあったら気軽に相談してみるのです。当申告会は、三千人の会員から構成されています。適当な相談相手が見つかるかもしれません。弁護士相談もあります。とにかく、心だけは健康に保ち、増税元年を乗り切りましょう。

持ちつ持たれつ

高齢者とのふれあい

親子、兄弟、友人との付き合いについて考える。

親や年上の兄弟は、自分の年齢と同じだけの年数分、さらに私にとって、五十年以上にわたり持ちつ持たれつの関係にある友人も何人かいる。年数に関係なくそのような存在があるから安心できる、また頑張れる自分があるのだと思う。

先日、近所の知り合いのお年寄りの女性が「今朝、ウチのお父さんが亡くなっちゃったの」と伝えに来られた。そのお宅は、現在三人のお子さんたちも独立され、夫婦二人の暮らしであった。「家のこと、みんなお父さんにまかせっきりだったので、何もわからないの」と肩を落とす。「お子さんたちと相談して、何でも言ってください」と答える。

その方のご主人は七十七歳。正月に体調を崩され、十日間ほどの入院で逝《い》かれたそうだ。
「人間ってあっけないわね」とポツリとつぶやかれた奥さん。葬儀から少しして通りでお会いした時、「この前はありがとうございました」と、平静を取り戻したご様子に私もほっとした。

私には現在、民生・児童委員という役目もある。毎年、高齢者のふれあい訪問という調査の仕事がある。確かに高齢者の一人、二人暮らしが増加しているのである。困ったことはないか、いざという時の連絡相手はいるのかという調査である。「大丈夫だ」と答えられる方もおられるが、「不安だ」と思われている方も多い。

日本の高齢者の福祉対策は、今始まったばかりなのである。自分のことは自分でなんとかするというのが現実なのだ。

頼れる親子、友人、近所関係を大切にしていかなければならない。

子育ての思い出

私にとって最も大切な持ちつ持たれつの関係にあるのは、やはりカミさんである。

この四月で結婚二十五年となる。家事のこと、仕事の面、特に大病した時は本当に有難かった。二人の子どもたちも、もう成人になり、子育てという期間も過ぎて少し寂しい感もあるが、何とか無事にここまで来たという思いの方が強い。

子育てで思い出すことがある。二人が小さいころ、おきまりのケンカである。カミさんがいくら注意しても同じ繰り返しが続いていたのである。ホトホト堪忍袋《かんにん》の緒が切れたのであろう、彼女が子どもたちを叩《たた》いたのである。その叩き方があまりにぎこちなく、下手っぴで、「これは良くない」と思えたのである。そこで彼女に、「お前は、これから絶対に子どもたちを叩いてはいけない。言うことを聞かないときは、俺がお仕置きをする」と注意したのだ。それ以後、カミさんは一度も子どもたちに手を上げたことはない。叱るといういやな役目は、すべて私の出番となったのだ。

先日、子どもたちに「お前たち、お母さんに叩かれたこと覚えているか」とたずねると、「へえー、そんなことあったの。お父さんに叩かれたことは覚えているけど」と、不思議がるだけであった。その場面の話しをカミさんに向けると、その時のことなんて全く記憶にないと言う。こういう風な状態になっていることこそが万々歳なのだと思った。もう二十年も前のことである。

子どもたちも将来子育てに苦労する時期があると思う。そんな時のことを思って三人に話した思い出も、子どもたちの心に響いたのかどうか。反応の弱さに、ちょっとガッカリ。

まっ、何かあったら子どもたちも協力してくれるだろうし、カミさんとは「これからも、お互い頼んまっせ」といったところの二十六年目である。

住めば都？

住み慣れた暮らしと刺激のある生活

日本各地の山間部、臨海部、いたるところで人々の生活の営みが存在している。旅行をしてみるとつくづく感じる。普段は自分の住む狭い地域だけが唯一の生活空間なのだが、「こういう所にも多くの人たちの生活があるんだ」ということを発見することがある。どこも数百年単位の歴史を有しており、先祖から累々と積み重ねられた暮らしがあるのだ。

最近、地震での被災者の報道が多くあるが，ほとんどの被災者が帰巣本能と言うか、住み慣れた土地・家屋の再建を願っているようだ。三宅島のように何年も故郷を離れることを余儀なくされた方たちも、将来再び同じような被害を受けることが想定されても、帰島されるのである。日本国じゅうどこに居を移しても同じということがDNAにインプットされているのかもしれないし、どんなことが起きても再興するというエネルギーこそが、生命体の根幹なのかもしれない。ここ数ヵ月に各地で起こった震災は、そんな思いをいだかせる。

これは地震災害だけのことではない。世界各地で絶えない紛争などでも同じことが言えるだろう。当事者の大多数の者は、逃げる場所も、移り住む土地もないのである。生まれ育った所だけが、守らなければならない、そして帰るべき故郷なのである。

しかし、そう考えることも最近、日本人の常識ではなくなってきつつあるのではないかという気もするのである。若いころ郊外に居を構えた方たちの中には、老後は生活環境の便利な都心で過ごしたいという願望を持つ人もいる。そこで、長く暮らした住居を売却し、都心のマンションに移り住むのである。買物に便利で、病院・娯楽施設等が充実している街で、刺激のある老後生活を送ろうという選択である。そういう方たちは、おもに都心に職場があったことにより、そのような意識が構築されていったのであろう。

居住を変える条件

住居への愛着・固執は、近年大きく変わってきている。マンション等にみる集合住宅の急増である。墨田区内でも、集合住宅居住者の比率が戸建居住者よりも上回っているという。一般的に、戸建に住む者は家への執着心が強く、集合住宅に住む者はより利便性を求める傾向にあると思われる。

昨年、姪《めい》夫婦が埼玉県の某市にあるマンションを購入し、東京にある夫の勤める会社の社宅から居を移した。姪の母親の住む所の近くということが選択の第一条件であった。

「東京より価格は安かったんだろう。住環境はどうだ?」という私の問いに、「値段は東京とほとんど変わらなかったのよ。子育てにとっては東京の方がよかったかもしれないわ。選べる学校も少ないし、児童手当も充実していないの」と答えた。

今まで暮らした東京の某区では、中学卒業までいろいろな子育て支援があるが、移転先の市の支援は十歳までしかないという。地方自治体の財政上の問題である。東京二十三区内でも、区によって各種の福祉政策に差異があるのだ。

新しく住居を構えるということに関しては、そのような観点からも考慮し、選択をすべき時代なのである。また、老後に外国への移住を考える人が増加しているという。年金等の収入が安定していれば、生活費の安価な国で気楽な(?)暮らしをしたいという選択である。

日本でも人口の少ない県などが、老後生活を安心して過ごせる終《つい》のすみかとできるような施設を多く提供すればよいと思うのだが、人口が増加しなければ病院等の充実もはかれない。若年層の増加はなかなか難しいが、高齢者の増加は可能なのである。地元の住環境整備と併せた施策を考えるときなのだ。

先の姪は、母親の近くへの転居という条件が最優先で、子どもの教育問題は引っ越してからわかったようである。現在は、諸条件で居住を変える時代であるのかもしれない。

共生できる社会

さて、政府の施策おいても年金、郵政民営化等を中心に、いろいろな見直しがあるが、本当に暮らしやすい日本になるのであろうか。少子高齢化社会に不安を抱えているようでは、何ともはや情けないという現状である。

男女雇用機会均等法と少子高齢化の関連もあってか、女性の働く場所は増加しているようである。しかし、高齢者に対する優遇税制措置のカット等、老後不安は増加する一方である。そこで、働ける高齢者の雇用についても大いに考える必要がある。若者・女性・中年・高齢者が共生できる企業や社会を再構築する発想が大切なのである。その育成・補助に公共機関は力を入れるべきである。

例えば、高齢者でも働ける機会があり、ある程度の収入があれば、少ない年金でも苦のない生活が可能となる。多くの国民が年金だけでは生活できない時代に突入していくことは間違いないのだと思う。働かない老人群を作り出す社会より、収入のある老人群を輩出する制度を創出すべきである。年金で老後の人生を決めるのではなく、働けなくなって、働く意欲がなくなって、初めて年金に頼る社会の確立を急がなくてはならない。そういう人にこそ安心して生活できる手厚い支援が必要なのだ。

「住めば都」この言葉には、存在価値のある生活基盤と、人とつながりのある環境の両方が含まれているのだと思う。今の日本では、この生活基盤が不安定となっており、人との関わりも稀薄になってきているのだ。

かつてよく外国を旅する友人が「年とってから住むんだったらスペインがいいよ」と、私に語った。気候・風土・人情・時の流れが彼に合っていると感じられたのだろう。日本国内にも、そういう所がたくさんあると思われる。私の住むこの墨田区も「いい所だよ。ここに住みなよ」と、その友人に語れる時がくることを信じたい。

戦争と平和

戦後六十年、節目の年を迎える日本である。国際的には、中国・韓国の反日運動、北朝鮮の核問題があり、未だに戦争処理の解決がなされていない現実に戸惑いを覚える。国内的には、未成年者の犯罪等がひんぱんに報じられたり、税金の無駄使いと思われる政治がらみの疑惑も噴出していて、いっこうに明るい希望が見えてこないでいる。

かといって一般庶民は、自分の日々の生活をコツコツとこなしていくことが重要課題であり、国際間題も社会問題も、担当者・当事者が何とかしていくだろうといった程度に考えがちである。ある意味では、こういう状態でいられることが平和なことなのかもしれない。

今年で満九十歳を迎えるお袋の口癖が、「戦争中のことを考えると、今は幸せよ。戦争中に亡くなった人は、食べ物もなくテレビなどの娯楽もなく、本当に可哀想だった。しかし私もね、あの当時は何度も死んだほうがましじゃないかと考えたものよ。今はいい時代よ」である。戦争を経験した人は、日本の現状を当時と比較したら、良しとするだろう。

しかし、高度経済成長とバブル期だけを経験した人にとっては、今の日本はどう映るのであろうか。経済構造の大変革の時期、波に乗れないでいる人たちは、経済戦争の真っただ中にいるといえるのかもしれない。お袋は「買い出しに行き、夜遅くなって真っ暗闇の田舎《いなか》道を歩くときは、本当に恐かった」と、当時の経験を孫たちに話す。

皆、いろいろな経験をして今があるのだ。いい時ばかりではない。また、悪い時ばかりでもない。必死で生きなければならない時も、一生に一度はあるのかもしれない。日本は明治から昭和にかけ、戦争をし続けた。そして今、六十年間戦争のない時代が続いている。私は、戦争のない時代に生まれ、今がある。そして、未来永劫《えいごう》そうあってほしいと願っている。

コンピューター会計

各種の優遇《ゆうぐう》税制カットの増税が、さらに新消費税体系導入が、今年度分の申告から本格化する。今まで簡易《かんい》帳簿、すなわち現金出納《すいとう》帳と経費帳の記入だけで済んでいた帳簿体系を変えなくてはいけない。つまり、複式簿記の導入である。そうしないと、六十五万円の青色申告特別控除《こうじょ》の適用が受けられないのだ。できる節税はしていくべきである。

かつて、青色申告会の理事の方から「コンピューター会計にすれば楽だよ」と薦《すす》められたことがあった。昨年の秋ごろ、別の理事の方も「来年からは、コンピューター会計にするんだ」と言われ、私も「やってみるか」という気持ちになった。

しかし、現在の帳簿記入はカミさんの担当。年末に私がそれを元に試算表を作成し、申告してきた。やはりコンピューターへの入力もカミさんにやってもらわないと。そこでカミさんに「どうだい。手伝うから」と話しをもちかけた。「やらなきゃ、しょうがないんでしょ」とカミさん。

昨年末に会計専用にコンピューターを購入し、事務局に会計ソフトを注文した。この五月から青色申告会事務長の我妻さん指導の下、カミさんが現金出納帳分を入力し、現在は銀行通帳の入力をしているところ。私のところでは、もう一つの帳簿があるから、それを入力すれば経費帳への転記やら試算表の作成も要らない。複式簿記への移行の完成となるはずなのだ。

コンピューターの取り扱いでは、なかなか求める画面にならないことがあり、その操作がカミさんを悩ませている。しかし、カミさんの奮闘によって、年末の私の仕事は軽減するはずである。楽しみだ。

我妻さんの話だと、コンピューター会計を導入している会員はごくわずか。複式簿記や帳簿記入をわずらわしく思っている方は、ぜひ事務局へご相談を。

カミさんとの旅

ツアーで四国へ

今年は私たち夫婦にとって結婚二十五年目の節目の年である。春に海外旅行でもと思ったが野暮用が重なり、休暇はどうしても四日間ほどしかとれない。カミさんとの意見調整で、旅行会社のツアーで四国に出かけることになった。

子どもたちが二十歳を越えてから夫婦で旅をするようになったが、母親の体調のこともあり、年に一、二度、一、二泊の小さな旅が続いていた。三泊での旅行は初めてである。

カミさんは、四国へはかつて行ったことがあるが、あまり記憶がないという。私は一度も行ったことがなく、四万十《しまんと》川を見てみたいという希望があった。旅行会社のツアーは、すべて添乗員まかせ、時刻に合わせ集合すればよいのである。なにしろ気楽で旅行費用も安価なのがい い。そして、いわゆる有名な観光スポットは、とりあえず回れる。この旅行では、瀬戸の渦潮《うずしお》(時間が合わず見られず)、坊ちゃんの道後《どうご》温泉、大歩危小歩危《おおぼけこぼけ》、かずら橋、四万十川、足摺《あしずり》岬、内子宿《うちこじゅく》、坂本竜馬の像がある桂浜《かつらはま》、こんぴらさん等である。これらを修学旅行のように効率よく巡るのである。ガイドの案内もあり、有意義であることに間違いない。

しかし、なぜか物足りないのである。そこで夫婦だけで横道にそれて、少しはハプニングのありそうな場所を捜す。昼食などもなるべく自分たちだけでとるようにする。ツアーのホテル等の夕食・朝食は、おいしくないということはないが、どこも同じようで何を食べたのかあまり記憶に残らないのが常である。自分が注文して食べたものは、いつまでも覚えているから不思議である。旨かった、そうでもなかった、これが思い出なのである。どんな旅でも、ある程度主体性をもって行動しないと面白くないのである。できれば、その土地土地の人の会話に耳を傾けたいし、話もしてみたいのである。この旅でもカミさんは満足なようす。よかった。

フリープランで京都へ

八月には、子どもたちとの調整で二泊三日の日程がとれた。新聞に交通費程度の費用でホテル代も含んでいるフリープランの企画が目に入った。カミさんが連絡をとると空いていた。決まりだ。京都に二泊。あとはどう過ごすかだけである。私は京都へは何度も行っているし、カミさんとも、かつて一度ゆっくり回っている。やはりカミさんの行ったことのない所、あとはそこを拠点に別の所へ。ほぼ一ヵ月前のことだった。それから時刻表と地図とにらめっこ。和歌山の高野山と奈良の寺院めぐり、いちおうの目安は決まった。カミさんが京都・奈良の観光雑誌を買ってきた。

一日目。支度を整えて朝六時に我が家を出発。七時ちょい過ぎの新幹線で九時過ぎに京都着。駅構内のコインロッカーに荷物を入れ、嵯峨野《さがの》方面へのホームに。降りた駅の前にトロッコ列車の駅があり、運よく発車寸前だった。渓谷沿いを走る眺めは心地よい。終点が面白そうなら降りるはずだったが、何もなさそうなので、そのまま戻ることに。途中、映画村の役者が青鬼に扮装して登場、客を楽しませる。

帰路、終点の一つ手前で下車。常寂光寺《じょうじゃくこうじ》へ。ここには私の研究対象の江戸時代の和算書『塵劫記《じんこうき》』の顕彰碑《けんしょうひ》（昭和五十年代建立）があり、その存在を確認したかったのである。それは駐車場への通りをはさんだ向かい側にあった。もちろんその寺もお参りした。そこから歩いて天竜寺へ向かう。途中の食堂で、豆腐定食と和風チャーハンを半分ずつ分けあって食べる。

天竜寺・渡月橋《とげつきょう》あたりの土産物店などの景観は、三十年前とはずいぶん変わっていた。美空ひばり記念館もある。人力車夫の案内の声が聞こえた。「ひばりさんは、撮影でこの地をよく訪れた思い出の地なんですよ」と。

午後四時近く、京都駅前のホテルにチェックイン。タクシーで市内にある我が家の菩提寺《ぼだいじ》の総本山へ。僧侶たちの読経の中、本尊の大日如来像に二人で手を合わせる。

高野山へ

二日目、朝六時に起床。七時前にホテルを出発、大阪へ。高野山への旅である。京都から大阪までは快速電車で三十分足らず、通勤列車にゆられる。大阪駅から環状線で新今宮駅へ、そこで南海鉄道に乗り換えて極楽橋《ごくらくばし》で下車、ケーブルで高野山へいう道順である。奈良からのルートも考えたが、どうもこの方が速いようだったのだ。

新今宮の切符売り場で「一番早く着く列車は？」とたずねると、「次の急行で」となる。売店で朝食用のサンドイッチと飲み物を買い、すぐに来た列車に飛び乗る。二時間弱の移動である。乗り合わせた家族連れのおばあさんが終点前に「あれが極楽橋」と言う。赤く塗られた小さな橋があった。見落としてしまうような橋だった。ケーブルは、ものすごい急傾斜で、前方の景色はレールしか見えない。

私の菩提寺は真言宗。そして私は、その寺の檀徒総代となっている。弘法大師空海が開いた真言宗の大総本山がここである。一度は手を合わせなければいけないところと思っていたのだ。どちらかというと私は無神論者である。しかし神や仏、すなわち宗教というか哲学のことを考えるのは嫌いではない。親や先祖の墓守をするのが私の役目。その縁で空海に多少の興味を覚えるのである。

さて、バスに乗り終点の空海廟のある奥の院へ。二十万基の墓が続く。バスから降りた地点には比較的新しいもの、現在の大企業の慰霊碑等が並ぶ。奥に進むにつれ江戸時代の大名家の墓が、さらに豊臣秀吉、織田信長の墓もある。観光案内の「弘法大師の元に祀られたいという希望から」という話が耳に入る。明智光秀、武田信玄、大岡越前守、浄土宗の法然の墓もある。

「痛い！」気がついてみると、手の甲や腕に大きな藪蚊《やぶか》が止まっている。それも半端な数ではない。叩《たた》いてつぶす。当然腫れてかゆくなると思ったが、いっこうにその気配がない。血を吸わない種類の蚊だったのであろうが、「弘法大師の力」かと思えた。

奥の院の空海廟・金剛峯寺《こんごうぶじ》へのお参りを終えると、四時近くになっていた。特急列車の中で「神戸か大阪市内で夕食にするか?」という私の問いに、「京都に戻りましょう」とカミさん。よく歩いたから疲れていたのだろう。食事は京都駅ビル内の中華飯店でとなった。隣りの席には、甲子園で京都の高校を応援に行って来た方たちが祝杯をあげていた。

世界遺産巡り

三日目、やはり六時起床、昨夜荷造りした宅配物をフロントに頼み、チェックアウトを済ませる。今日は奈良へ、できたら宇治へも。

昨日と同じく朝食用のサンドイッチと飲み物を買いこみ近鉄線に。最初の訪問先は東大寺。ここへ来るのは中学生以来だが、奈良公園には相変わらず鹿が三々五々群れをなしている。大仏様とはそれ以来の再会である。東大寺の裏にある正倉院へ行く。道をたずねた人に「今日は土曜日、役所はお休みですよ」と言われる。閉ざされた塀のところに「この奥から校倉造り《あぜくらづく》の一部が見られます」と書かれていたが、木々に隠れていて雰囲気しかわからなかった。

バス停で唐招提寺《とうしょうだいじ》行きがすぐ来る。三十分ほどで到着。ここには校倉造りの建物が二つあった。そこから歩いて薬師寺を参拝。

再びバスで法隆寺へ。法隆寺の大きさには驚いた。さすが聖徳太子によるもので現存する世界最古の木造建築、歴史が感じられた。

旅の最後は宇治平等院だ。宇治駅から歩いて二十分ほどだったろうか、一部工事中であったが、十円玉にある風景がそこにあった。ゆっくりと散策する。見学も終わり、帰ろうとする時「やらずの雷雨」である。出入口の門での雨宿り、「もう少しゆっくりしていきなさいよ」と藤原一族に声をかけられてるような気がした。そうもいかない。新幹線の時間に間に合わせないと。小雨になった時、相合傘で道を急いだ。

今回の小さな旅は、世界遺産巡りという風なものとなった。車内で缶ビール、「お疲れ様」。

平成十八年（二〇〇六年）

どうなる日本

憲法問題

郵政民営化法案をめぐる衆議院総選挙は、自民党の圧勝で、小泉チルドレンなる議員たちが誕生した。彼らがどのような政策に参画・行動し、国民を幸福に導いてくれるのか。小泉首相は九月の自民党総裁選挙には出馬しないという。後継者は誰になるのか。

自衛隊の特措法も、年金問題も、健康保険問題も、税制も……国民の生活に関連深いことが、すべて国会の場で法案が作られ実施されるのである。圧倒的多数の与党議員と官僚とで提出される法案が次から次へと可決されていく。国民は、ただ眺めて従うだけ。きっと知恵があるはずの議員たちが審議するのだから、けっして悪い方向へは進まないであろうと信じる国民。さらに、政治の動向には全く無関心という国民も増えているのが現状のようだ。

いつになるかわからないが、憲法改正の国民投票も現実性を帯びている。改善なのか、改悪なのか、そんな時、選挙権を有する者は一人一人が自分の考えで選択をしなければならない。今まで出ている自民党案でも、私たちがかつて学んだ民主国家・主権在民という理念や、平和であり続けた戦後六十年という歴史からみると、どうも腑に落ちないのである。ただ自衛隊を軍隊と位置づけるための改正としか私には思えないのである。

憲法を改正するのならば、現憲法よりももっと国民のことを第一義とする内容、さらに世界平和を訴えるものであるべきだと思うのである。また世界のどの国からも批判を受けることのないようなものとしなければならない。拙速な結論は避けるべきであり、私たちの子や孫の世代にも喜んで受け継がれていくような憲法の構築が肝心である。そのような目で私たちは一票を投じなくてはならないのだ。

二極化する経済

さて、次は経済のことである。私の身辺には「日本の経済は好転しているというけれど、そんなことは全然感じられない」という人が多い。全体と部分という観点からすると、難しい評価なのだと思う。

すなわち、大企業を買収しようと画策できるような、時流に合った高成長を続ける企業と、熾烈《しれつ》な研究開発競争の中、目算を誤ってしまった企業。つまり「勝ち組」「負け組」と評される二極化時代の到来ということなのであろう。かつても同様であったと思われるが、開発の変化の速度には、現在とは雲泥《うんでい》の差があるのだ。十年単位だったものが、数年単位で結果が問われるのである。そして、好調組は、得た資金を使って、あらゆる分野の企業の買収をし続ける。先日、ある出版社から私の専門分野への問い合わせがあった。よく買収で話題にのぼる企業の名のつく会社であった。こんな分野にも手を伸ばしているんだと思った。

企業に勤める側からすると、収入の面での「勝ち組」「負け組」が問題となってくる。バブル経済崩壊後、リストラによる正社員削減により、収入が激減した者が多いという。つまり低所得層の増大である。十年ほど前までは、生活感において国民皆中流意識の時代といわれたが、現在は上流意識、下流意識の二極化に拍車がかかっているという。企業の競争激化によるモラルの欠如というか、利益優先が引き起こしたのであろう、マンション等耐震強度偽装事件には驚いた。経済の二極化は、このような事件にも波及していくのであろうか。社会不安は、つのるばかりである。

人口減、高齢化社会、社会犯罪、これらのことを考慮に入れた政策に、小泉チルドレン、さらに野党も真剣に取り組んでほしいものだ。

父の生徒さんとの出会い

今年の年賀状に面識のない喜寿を迎えられるという女性の方からのものがあった。文面には、小生の「忙中閑有《ぼうちゅうかんあり》」を毎回楽しみにしている。小学生時代には私の父からそろばんを習って、今でも事務ではそろばんを使っている、とある。そして、ほのぼのとした俳句も添えてあった。カミさんにみせると「へえー、素敵ね！」と感心したようす。

「お立ち寄りください」と返信の賀状を出した。二月の半ば、その方からの電話。すぐ「年賀状の0さん」とわかった。「近々伺いたいと思っているのですが、ご都合は？」と。「いつでもいいですよ。0さんのご都合は？」「明日は？」「もちろんいいですよ」。翌日お会いできた。

0さんについては、正月に青色申告会事務長の我妻さんから聞いていた。法人会にも属しておられるが、当申告会の会員でもあるようだ。「昨日、申告受付を高橋さんと終わらせたのよ。申告会とは我妻さんの前の事務長さんからのお付き合いでね。我妻さんも最初のころ、複式簿記が苦手でね」と懐かしそうに話される。

電話で、私のカミさんにも会ってみたいとのことだったので紹介する。カミさんにピアノを弾いてもらいながらの会話となる。お酒好きで心配なご主人のこと、会社経営で奮闘しているご子息さんのこと、昨年建てられたご自宅の話など枚挙にいとまがない。一時間ほどがあっという間であった。

気儘《きまま》な美術館、つまり教室にかけてある友人の水村喜一郎君や大野隆司君の油絵や版画も観ていただく。教室には古算盤《こそろばん》もある。「五玉二つのそろばん、どう使うの?」「江戸時代からの尾乗法《びじょうほう》(かけ算)。『二一天作《てんさく》の五』というわり声を使う帰除法《きじょほう》(わり算)ですと、五玉二つでも足りない。五玉が三つないと。不足分を覚えておく必要があるんです」と解説。

楽しいひとときであった。いい出会い、0さんありがとう。

変容する社会

変わりゆく商店街

バブル経済崩壊といわれてから十数年がたつ。この間に感じた社会のいくつかの変化について述べてみたい。

先日、九州大分県を訪れた。豊後《ぶんご》高田市は、昭和時代をテーマに中心街全体を観光地化している。各商店のショーウィンドウには、昭和に流行した品物が当時の値札をつけて飾ってある。もちろん、その奥には現代の流通商品が並んでいる。いわゆるテーマパーク化で活性化を図ろうとしているのである。湯布院では、高原観光地の軽井沢や清里を思わせる店が立ち並ぶ。新しい開発地だから、そういう街づくりが可能なのだろうと思う。また日田市は、江戸・明治・大正・昭和初期の建物が混在する歴史的な一大テーマパークを演出している。それぞれが観光客でにぎわっていた。

わが町の商店街をみてみると、シャッターの下りたところが目立つ。ここ十年の間に進出してきたちょっとしたスーパーには買い物客の自転車が並んでいる。

近隣の区を車で通ると大手スーパーの出店がすごい。駐車場がビルの階上部にある。かつては地下とか別棟に駐車場があったのが様変わりである。駐車スペースの拡大と建築コストも安価となるからであろう。

都心でのちょっとした買い物は、近くの商店街へ歩いたり自転車ですましていた。それが少し遠くても車でということになっているのだ。夫婦共働き、週単位の生活サイクルになっているのだ。大手スーパーの広告は、土・日に目玉商品を並べている。

大分でのことに話を戻そう。レンタカーで街道を走っていると、酒屋の看板が目に入る。「ビールを買おう」ということになるが、焼酎しか置いてない。ビールはコンビニで買うことになった。町の商店の経営維持、後継者のことも考えると大変な時代に突入しているのである。

老後の暮らし

先日、友人たちと長野県に行った。車窓から見えるのは田園風景で農家が点々とあるだけ。こんなところにあってもと思われる場所に喫茶店があり、車を止める。客はもちろん我々だけ。ご主人に、「ここで経営になるの？」と聞いた。

「商売はどうでもいいんです。ここは景色がいいし、女房が気に入ったもので。ケーキを作ってのんびりと喫茶店を開く、女房の夢だったんですよ。二人の定年を機に去年越して来たんです。たまに東京の友人たちも来てくれて」と、敷地内には別に母屋があった。

車の中で友人の一人がポツリと言う。

「今、ああいう夫婦多いんだよね。二人が元気な時はいいんだけどね。どちらかが欠けると、こういう所では暮らせなくなるんだよ」そうかもしれない、と私は思った。

これから戦後生まれのいわゆる団塊の世代が還暦を迎える。つまり定年退職者が急増するのである。若者の雇用率が伸びているのは、こういう世代交替があるからで、経済の好調さも、高賃金から低賃金のシフトによるリストラ的影響もあるからであろう。

私の五歳年上の兄も昨年退職。半年間のんびりしていたが、この四月から週三回程度、市の経営するテニスコートの管理のアルバイトをするという。あとは地域のボランティア活動とゲートボール等をして暮らすという。

自分のことを考える。私の付きあう人の中には、大学教授も多い。彼らの定年は七十歳である。何とかその年齢を目標に頑張りたいと思っている。まだ十年以上ある。

今年から介護保険制度の見直しにより高齢者の生活も厳しくなるようだ。本格的に自分の老後の計画を立てる年齢になっているのである。カミさんとの話題も、そんな内容が増えてきているいることも事実だ。

教育のシステム

最後に子ども社会についてである。

数年前から小・中学校の自由選択制度が導入されている。同区内なら入学する学校が選べるのである。当然、人気のある学校、不人気の学校が出現してくる。希望者が多いと抽選での選抜となる。一学年五クラスもある学校と、一クラスしかできない学校も出てくる。少子化の時代、学校の統廃合基準の確定を地域住民に押しつけている政策とも受け取れるのである。

この制度の良い点は、選択の自由の行使ということだけである。今後いろいろな弊害が予想されるのである。人気のない学区域では、子どもたちと地域社会との関係が希薄になる。祭りや子ども関連の町内会の行事が成り立たなくなる。居住地域への愛着心の欠如につながりはしないか。また、人気のある学区域では、見知らぬ子どもが増加する。地域住民とのトラブルの増加が考えられるのである。どちらにしても、今までにない問題が噴出しつつあるのだ。

次に、中・高一貫教育のことである。これは大学受験に遅れをとっている都立高校の立て直し対策であろうが、中学受験の激化、学校間の格差、義務教育のあり方の問題等において疑問を感じざるを得ない。

一方、小・中一貫教育も本年度からスタートした。義務教育の一体化、心身共に大きく変わる小学生から中学生、という時期の連続性、九年間というスパンでのカリキュラムの再構成、地域社会との連帯という点で納得できるもので、これに期待したい。

このように子育て中の親子の教育問題においても大きな変化が起きているのである。地域の活性化、高齢化社会への対応、子育て教育について、最近思うことを述べてきたが、先の読めない現代社会に生きている自分を痛切に感じる。

サッカーと私

ドイツでサッカーのワールドカップ大会が開かれた。時差の関係で、日本でのテレビ放映は夜遅くか明け方という中で、数試合だけわずかな時間だったが見ることができた。

各国の代表選手は、ほとんどがいわゆるメジャープロチームに所属するスタープレイヤーである。少しでも長く応援したかった日本は、予選リーグで早々と敗退。勝ち抜いていくチームの個人技、身体能力、シュート力のすごさだけが目に焼きついていく。

そんな中、国内のニュースでは、幼児・親子の殺人事件、成長企業の悪質な利益追求問題、さらに、北朝鮮のミサイル実験のことが連日報道されていく。気の滅入る問題ばかりである。

また、次から次へと自分のすべき仕事も増えてくる。行動しなければいけないもの、時間のかかる作業、相手のある問題等いろいろである。頭の切り換え、身の処し方等、サッカー選手同様に集中力・決断力を試されている気がする。

サッカーは、イタリアの優勝で閉幕となったが、日本は四年後をめざし、新たなスタートである。それは監督やメンバーを変えてということである。

自分の仕事の一つ一つがサッカーの試合のようにも思える。いいゲームにする。勝ち負けがあるなら、勝ちにいく。たとえ負けても次回に生かす経験とする。監督は自分だから、サッカーのように変えるわけにはいかない。もっと実力ある監督を希望するならば、自分を成長させ続けるしかないのである。

サッカーには、ハーフタイムもある。走り続けてばかりではなく、休養や作戦を立て直す時間も必要なのである。昨年の私のハーフタイムは、暑い最中の京都近辺散策であった。今年は、カミさんの「涼しい所へ」という希望を受け入れることにしよう。

私の身辺で起きた国際的なこと

八月は、広島・長崎の原爆被害、終戦ということから、テレビでも新発見の資料を加えた特別番組の報道が多くある。それらのことに関しては、なるべく見逃さないようにしている。私は戦後生まれで、直接的な戦争体験はないが、戦争の傷あとが残る生活は、記憶の中に少しある。七月、やっとイラクから自衛隊が撤退したが、世界のいくつかの地域では、ひきもきらず紛争が続いているのだ。

ここ数ヵ月、私の身辺でも、国際的なことがいくつか続いてあった。一つは国際珠算競技大会の前日に、アメリカの代表選手が私のところを練習会場として使いたいというのである。小学生から高校生までの二十数名の選手と保護者、総勢四十名ほどが来訪し、二時間ぐらい練習した。その中に、選手となっている孫に会うために台湾から来られたというお年寄りがおられた。その方の日本語の上手なことには驚いた。日本人と全く変わらない会話をするのである。かつて日本は、台湾と朝鮮を併合していた時代があった。徹底的に日本語教育を受けられた経験をお持ちなのであろうと推察した。

次は、イギリスからの電話である。その方は、エスペラント語の勉強で四十年近くイギリスに住んでいる日本女性である。そのかたわら珠算指導もヨーロッパ全域で行っておられるが、どうも現地の数学教育者と話しが合わないらしい。私もかつて彼女には書面で、いくつかの指導上の提案をしていたが、私の書いたことが理解できないらしい。いずれお会いしてゆっくりと話し合いの場をもちたいと思っている。

最後に五月のこと、中国珠算心算協会から『算法統宗《さんぽうとうそう》』（一五九二年）という本を著した中国の数学者、程大位《ていだいい》の逝世《せいせい》四百年記念式典の招待状が珠算史研究学会会長の私に届いた。記念論文提出など忙しい日々が続いたが、九月の式典に初めて中国を訪問する予定である。

旅先でのアクシデント

盆休みの混雑は毎年のことだが、カミさんの「知床《しれとこ》へ行ってみたい」という要望で、二泊三日の旅を選んだ。ところが案の定、混雑の影響で帰りの航空券が新千歳から青森経由羽田というとになった。

今年の北海道は猛暑。阿寒湖畔の宿でも冷房をつけるほどであった。早朝の散歩でリスを見つける。翌日は知床半島へ。まっすぐな道が続く。行く先々には観光バスが並ぶ。半島をめぐる遊覧船も大混雑であったが、雄大な景色に満足。最終日は雨。北海道各地に記録的な大雨という情報が入るが、新千歳空港へ向かう我々の行程では大したことはなく、涼しく快適な旅となっていた。

夕刻の空港。青森上空は雷雨、着陸できなければ引き返すか、直接羽田空港へという案内。

一時間遅れで離陸、三十分ほどで青森上空へ。「まだ気象情況が悪く着陸できません。このまま上空を旋回し様子をみます」という機長のアナウンス。

結局、新千歳空港に引き返すことに。もう三十年も前になるが、大阪で新幹線の架線事故のため一泊せざるを得なかったことを思い出す。駅近くのホテルをやっと見つけ、翌朝は、四時間ほど立ちっぱなしで東京に戻ったのだ。旅先では予定外のことがよく起こる。

今回も同じこと。翌朝一番のチケットが取れるとのこと。鉄道のことも考えたが、一泊したほうが得策である。空港近くのホテルも確保された。宿泊費用は負担しなければならないが、慌てても仕方ない。飛行機の故障でなくてよかったと思うべきなのである。

カミさんにとっては初めての経験。家に連絡をとり終えると、ほっとした顔になる。ホテルで無事を祝って乾杯。「自分のホテル代は自分で出すわ」とカミさん。記憶に残すにはそういう姿勢が大切なのかもしれない。

翌朝一番のフライトは快適であった。羽田空港でもビールで乾杯して夏の旅をしめくくった。

初めての中国

六名の訪中団

前にもふれたように、今年の五月、私が会長を務める珠算史研究学会に、中国珠算心算協会より程大位《ていだいい》の逝世《せいせい》四百周年記念式典への招待状が届いた。程大位は『算法統宗《さんぽうとうそう》』という珠算書を著した数学者である。それより少し前の珠算書もあるが、この書は歴代の優れた中国の数学書のように体系化されており、広く長く流布《るふ》したのである。日本にも伝わり、和算書にも影響を与えたといわれている。

招待状には、会長の二泊の滞在費用は主催者側が負担するが、交通費等は自弁でお願いしたいこと、また七月初めまでに記念論文を送付してほしいとのこと。学会としては中国との交流は長いが、私はいつも日程が合わずに、一度も中国へは行っていなかった。二十回以上の訪中歴をもつ副会長のAさんが、ご一緒してくれるという。大会会場となる黄山《こうざん》には行ったことがないからと、運営副委員長のBさん、運営委員のC・D・Eさんも同行することになり、六名での訪中団の結成となった。皆私より年上の方たちである。頼もしい助っ人の方たちと中国科学院のTさんが、すべての旅程の案内と通訳をしてくれるとのこと。すべては先輩たちにおまかせして、七月までは論文だけに没頭できた。あとは会期中にどんな役がまわってきても大丈夫なように準備するだけであった。

九月二十二日午後三時半に出発、上海へ向けて三時間のフライト。上海空港の大きさに驚く。それから黄山空港へ一時間。空港には大会役員の出迎え、日本人専用の通訳役の0さんを紹介される。0さんは、日本に十七年間滞在、神戸大学で博士号を取得されていた。宿舎のホテルについた時は、十時を過ぎていた。軽い食事と打ち合わせをする。翌日の学術発表では、私がトップバッターとのこと。部屋に入ると、学術論文集が置いてある。0さんによって中国語に訳された私の文が、トップに掲載されていた。寝たのは十二時を過ぎていた。

競技会・発表会・懇親会

モーニングコールは六時。七時に食事。八時半に式典が始まる。黄山市長、韓国代表、日本代表（別の団体の方）、台湾代表、教育長等の祝辞。

午前十時からは、小学生による心算競技大会がイベントとしてあった。心算とは中国では暗算のことだが、ハイレベルであった。AさんとBさんは、そろばん日本一を育てた経歴をもっている。二十年ほど前までは、中国側が日本の指導者に教えを乞うていたが、今はその逆である。私は、十数年前にテレビで「世界ジュニア頭脳オリンピック」という番組の暗算部門の進行と解説を行ったが、すでに日本の選手たちは、中国の選手に歯が立たなかったのである。五名の同行者は、その指導法を聞き出すのに余念がなかった。私は、競技選手を育てるより、数学の理解に役立てると述べた若い指導者に共感した。

午後三時、学術発表会での二十分の発表を、通訳が必要なので三十分にしてもらい、無事に終わらせることができた。三時間で九名の発表者であった。

その後、バス六台で黄山市役所の大ホールへ、そこで心算競技会の表彰式が行われた。そこのトイレに行ってびっくり。噂に聞いていた中国式の平たい便器が、低いドアと間仕切り板だけの個室となって並んでいた。経験豊かな方たちからは、ここのトイレはきれいで良いほうだと聞かされた。

それから再びホテルでの懇親会へ。舞台では中国の古楽器による演奏から京劇へとアトラクションが続く。市の役人、協会幹部の方たちが「カンペイ」にやってくる。小さなカンペイ用のグラスに酒がつがれる。飲み干すとグラスの底を相手にみせる。ニコニコといった具合である。私もお二人ほどにはお付き合いしたが、なにしろ強い酒なので、あとは飲めないとお断わりせざるをえなかった。

博物館と小学校への訪問

翌日の公式行事の予定は、程大位を記念して建てられた大位小学校訪問、程大位の故居である珠算博物館訪問の順であった。しかし、我々六名は、逆の順にしてもらうよう主催者側の了解を得た。博物館と我々の学会とは古くからの交流があり、館長さんとゆっくり挨拶する必要があったからである。そこには、我々の学会コーナーがあり、日本から送られた資料が陳列されているのである。そして昨年亡くなられた鈴木久男名誉会長の追悼集をお渡しする役目があったのだ。鈴木先生は、日本における珠算史研究の大家であった。そして中国の研究者たちも、先生の論文を大いに参考にしているのだ。

館長に芳名録への記入を頼まれ、筆で博物館員たちの見守る中、大書きで学会名、自分の名、日付を記した。他の五名も私の名の横に連記した。普段は全く意識しないが、こんな時、私は珠算史研究学会の会長なんだ。しっかりしなくてはと思う不思議な場面である。公式行動の方たちが大勢やってくる。顔見知りとなった皆さんと挨拶しながら大位小学校へと移動する。

美人の校長先生の歓待を受け、会議室で一時間以上も中国の教育事情をお聞きすることができた。ここでも大きな紙に記念の文をということで一筆。Cさんがどうしても「一期一会《いちごいちえ》」を書けという。Dさんがそろばん玉を五つ描く、その中にその文字と日付を入れる。皆も名を記す。中国の方たちは、「一期一会」の意味がわからなかったようである。

昼食後、チャーターしたバスに二時間ほど乗り、一松、二石、三雲海、いわゆる墨絵の世界の黄山に向かった。一歩郊外に出ると信号はなく、歩行者、自転車、オートバイ、リヤカー、荷馬車などが行きかう。それらを追いぬくたびに鳴らすクラクションの音。ここは中国なんだという思いにさせてくれた。

黄山でご来光を仰ぐ

黄山は世界遺産。岩山の間を八キロメートルに渡り石段が続く。なぜこのような石壁の山々がそそり立っているのかというと、かつて海底であった所が隆起したとのこと。岩と岩のわずかな隙間に松が根をはやしているのである。のんびりと景色をながめながら四時間ほどの昇り降りであった。日曜日ということで、ひどく混雑していた。中国でも人気のある観光地なのだ。

ホテルに着くころには暗くなっていた。中国の団体客は、一部屋に二段ベッドが五～六台並ぶ、いわゆる山小屋ふうのホテルへ入って行く。私たちのホテルは、ほとんど外国人用だということで、ヨーロッパ人も多く見かける。

私たちの今晩の部屋は、VIPルームになったという。要人しか利用できない別棟となっていた。どうも混雑が原因だったようだが，有難いことではあった。泊まる予定だった部屋をのぞくと日本のビジネスホテル並に狭かった。それらの部屋を横目に隣りの建て物に移動。古い造りであったが、中に入って驚いた。美しいシャンデリアがある誰もいないロビー。客室が五室ほどしかないのだ。壁の彫刻も見事だし、立派な絵画、盆栽までもが見事だ。私たちの部屋は、いわゆるお付きの人の使うところであったらしいが、落ち着いたムードで快適であった。

翌朝は四時半のモーニングコール、五時過ぎから御来光の席取りに出発とのこと。六時前の日の出を待つという。本当に狭い場所は人でごった返していた。危ない岩山に鈴なりになって、ビデオ・カメラを持った人たちがその時を待つ。私たちは、なんとか良い場所が確保できていた。空の黄色の変化が間もなくの予感をさせるが、待つのも少々辛い。三十分ほど経っただろうか、雲をかきわけるように真っ赤な点がのぞく。山全体から大歓声が上がる。そのあとは、太陽がその姿をくっきりとあらわすのにそう時間はかからなかった。

交渉しだいの値段

出発時のホテル前はごった返していた。そんな人たちのなか、「強力」と呼ばれる天秤棒を担ぎ百キロ近い荷物を運ぶ姿が通り抜ける。二本の竹の棒にイスを乗せて人を運ぶ、金比羅さんのカゴみたいな担ぎ手もいる。我々は来た道は通らず、東洋一長いというロープウェーで空から岩山風景を眺め、黄山に別れを告げる。

バスで三時間ほどかけて、八百五十年前からある一族だけで集落を作り生活し続けてきたという宏村《こうそん》へ移動。ここも世界遺産という。多い時には千三百名を超える人口であったが、現在は四百名ほどが暮らす村である。周りは堀で囲まれ、町中には炊事・洗濯に利用されていたという細い水路が流れる。町の中央には胃袋といわれる池がある。空からみると牛の形をしているという。この近くには、同じような集落が存在し、世界遺産になっている所もあるという。ここで昼食をとり、みやげ物を買う。

私は、ある本を安く値ぎって三十五元で買う。次の店で同じ物をCさんが三十元で手に入れる。今度は別の店でDさんが二十五元でといった具合である。品物には定価がなく交渉しだいなのである。この後訪れた黄山市の老街《ろうがい》という町でも同様であった。

長く続く商店街の古物商でのこと。新しいものを古くみせて売る場合もある。古そうな化粧された箱の引き出しを開けると中国そろばんが入っているものをEさんが見つける。「いくら」「二万円」「高すぎる」通訳役のTさんの仲介。同じようなものがもう一つある。「二つで二万円」と下げる。「やはり高い。いらない」とEさん。Bさんが店の奥に黒檀《こくたん》製の質の良い中国そろばんをみつけ、「いくら」「これは明代のもの。三万円」「冗談じゃないよ。五千円」と言い張る。いつの間にか三つで一万五千円となった。Bさんがその質の良いもの、Aさんと私が箱入りのものを五千円で買うことになった。

上海で買物

夜九時発の上海行きの飛行機にやっと間に合う。ホテルに着いて部屋に入ると十二時を過ぎていた。

翌朝タクシーで近代的な建物が並ぶ上海の中心街へ。途中の古い建物の各階の窓からは、歩道の上に飛び出すように洗濯物、ふとん等が干してある。新しい建物には、それ用のサンルームがあるようだ。タクシーのほとんどがフォルクスワーゲン社製。ドイツの自動車会社の現地生産が先んじていたようだが、日本車もちらほら見かけられた。

有名な球形の電波塔のある近くのショッピングモールに行く。それぞれのお目当ての買物をする。中国の現在の貨幣は、日本では円に換えることができない。空港で交換することはできるが面倒くさい。わずかな額だったら使い切ってしまう方がよいとのこと。

私のポケットには百六十元ほどが残っていた。ちょっと周囲を見渡すとアクセサリーのケースがあった。のぞき込むと百六十八元のブレスレットが目についた。一元は日本円で約十五円だから二千五百円ほど。Tさんが「交渉してみるよ」と店員にかけあってくれる。「百六十元でよい」と言う。いちおうカミさんにということで、気に入らなかったら娘にあげればよいと思い、全額使い切る。

そのビルには、日本の食品業者が多く入っているようだった。「異人館」というレストランで昼食をとったが、メニューも味付けも日本風であった。中国人の若いカップルの姿も見かけられた。彼らにも日本の外食産業は受け入れられているようだった。

四泊五日の公用と観光の旅は終わった。中国の人々の生活も、道路事情も、いろいろな景色もテレビでみて知っているようだけれども、実際に触れてみることがやはり大切である。十年先、二十年先、中国の様子は大きく変わるんだろうなという実感であった。有意義な見聞は、心豊かにしてくれた気がする。

平成十九年（二〇〇七年）

長年の功績

私の父が亡くなったのは平成三年（一九九一年）。その後、申告会の会報等の配布業務を班長として受け継いだ。一年後、事務局長の我妻さんより「会報に何か書いてくれないか」という話があった。「何でもよいなら」と、「忙中閑有」が始まったのだ。彼と私は同年代。お互いの家族構成も似ており、気の合う友人という感じであった。

「税を知る週間」でのパネル作り。創立五十周年記念誌の作成。㊢会員制度の発足等、時によっては意見の食い違いはあったが、今思えばなんとか乗り越えてきたということであろう。

我妻さんが事務局で働き始めて約三十五年、事務局長に就任して約二十年がたつという。その間、税務署との協力、上部組織・他団体との連携、会のまとめ、社団法人化、各種イベントの企画・運営と目まぐるしい日々を過ごしてきたに違いない。

彼の定年退職後の身の振り方を心配する理事・会員の方も多かった。「何とか残ってくれないか」という声を何度も聞いた。しかし、彼は頑として首を縦に振らなかった。私も不安であったが、別の進むべき道があることを知り安堵《あんど》した。親類が経営する仕事を手伝うそうである。彼のパワフルな協力が必要なのであろう。

彼は仕事仲間として信頼のおける面白い人だった。今後も個人的にいろいろな面での付き合いが続くのだと思う。我妻隆さん、本当に向島《むこうじま》青色申告会事務局長として長い間お疲れ様でした。有難う。

私も社団法人化した当会の理事として十年目に入る。いうまでもなく会の運営は理事会に委ねられているわけであるが、事務局の力が支えとなっている。その支えが、新事務局長の高橋義隆さんに受け継がれる。当会を取り巻く情勢も大きく変容している。難しい面も多々あると思うが、会員のためのよりよい改革に期待したい。

山桜には品がある

大阪・神戸へ

この春も、なかなか予定が立たないでいたが、四月の初めにようやく空きができた。カミさんと「吉野の桜を見に行こう。今年は例年より暖かいし、ちょうど見ごろかも」となり、大阪を拠点に、神戸、吉野、できれば比叡《ひえい》にもという二泊三日の旅に出た。

一日目。大阪駅地下のコインロッカーに荷物を入れ、一路神戸へ。途中「明石海峡大橋を渡って淡路島へでも行くか」ということになり、橋のバス乗り場まで行くが、あいにくの強風。案内の人にたずねるが、こちらの渡橋後の目的がはっきりしていなかったこともあり、なんとなく断念。橋と海が一望できる見晴らしのよいレストランで昼食となった。のんびりと緑白色の白い波頭の立つ海もいい。橋の伸びる先には淡路島が見える。

方向を変え神戸港へ。世界を航行する「飛鳥Ⅱ」が停泊している。岸壁でのんびりと思いきや、狐の嫁入り。港をながめお茶を飲み、次の行動をねる。

雨上がりとともに、バスで神戸異人館へ行く。中へは入らず景観を見学していると再び雨模様。みやげ物屋に立ち寄り物色していると、あられに変わる。あっという間に道路が白くなる。夕方五時近くになっていたので、大阪のホテルへということになった。

大阪駅に着いてびっくり。コインロッカーの場所がなかなか見当たらない。大阪の地下街は、不慣れな者にとっては難解なのである。なんとか記憶をたどり見つけ出す。駅からほどなくあるホテルへ。夕食は街中でと話していたが、結局ホテル内で済ますことになった。

「今日はどうだった？」という質問に、「もうちょっと神戸でゆっくりしたかったけど、天気が悪かったわりには、けっこう面白かったんじゃない」とカミさん。私にとっては馴染《なじ》みのある場所ばかりであったが、カミさんは初めてとのこと。「ま、こんなところか」という一日目であった。

吉野の桜の名所

二日目、五時半起床。六時過ぎには出発、時刻表で調べておいた直行便のある私鉄駅へ。約一時間半、大阪から奈良へ。うつりゆく風景を楽しみながらののんびり旅である。

「吉野駅」からのケーブルにもすぐ乗れた。ある寺院の入口にある「一目千本」の見晴らし場から、濃淡のある山桜が山の一部に群生しているのが見える。これが下千本。道なりに進んでいくと、中千本、上千本、奥千本という名所が続くという。「日本一見晴らしのよい」という茶店で一休み。ここからは、中千本、上千本が眺められる。店の前の崖に張り出した桟敷席《さじきせき》には、何組かの先客がいた。「ここが特等席よ。代わってあげましょう」と、客の一人が席を譲ってくれた。小腹もすいていたので山菜うどんと、花見にはやはりアルコールだ。ビールでカミさんと桜をめでながらの乾杯。

店の人に「ここは山桜だよね」とたずねると、「そうですよ。山桜は葉が先なんです。品があるんですよ、山桜は」という言葉が返ってくる。カミさんと「それでは隅田の桜は？」と小声で。ふき出してしまう。「奥千本は、まだ早い」ということで、引き返すことに。沿道のみやげ物店は、もう人でいっぱい。バスガイドの案内で団体客がせまってくるという状態である。まだ昼前、「長谷寺へ行ってみよう」と電車を乗りつぐ。しだれ桜、階段状の回廊をのんびりと楽しんだ。

夕刻は大阪城、道頓堀界隈を散策する。「ボテジュー（お好み焼）でも食べるか」と、ある店へ。店員に「何がおいしい？」と聞いて、二つを注文する。結局食べきれずにパックにつめてもらう。ホテルで一休みし、夜食代わりにつまむ。なぜか冷えたほうが旨く感じられた。

比叡山から二条城へ

三日目も前日同様、早朝出発。大阪から京都へ。京都から湖西線で「比叡山阪本駅」まではすぐだった。クラブ活動への登校と思われる高校生のグループの後を歩いてケーブル駅へ。乗客は私たちの他に二組だけ。湖面がキラキラ輝く琵琶湖を眺めながらの比叡山参りである。信長に焼き討ちされた地である。

根本中堂《こんぽんちゅうどう》には、私たち夫婦だけ。二人で奉納の大きなローソクに願いを記し、手を合わせる。すぐそばにある小さな文殊堂も見学。他をめぐるにはバスなどに乗らないと大変らしいので、宿泊施設のロビーでコーヒーブレイク。近代的な建物と四百年ほどの歴史的建造物のコントラストに面白さを感じた。ここももう少しすると混み出すのであろう。

帰りは私鉄に乗り、二条城へと向かった。二人とも中学生の修学旅行以来である。記憶にある場所は「二の丸」の入口のところだけで、他はすべて初めてといえる見学となった。のんびりと時間をかけて回る。

今回の旅は、団体客と時間がずれていたので、ゆったりしたものであったが、ここだけは別。本丸の周り、奥の庭園も人、人、人であった。外国からの観光客に「写真をとってください」と頼まれる。上手《うま》くとれたかどうかはわからないが、私の勧めるアングルと彼らが要求するものとは一致しなかった。

どこに行っても桜の風景のある旅だった。吉野の茶店の人が「品があるんですよ、山桜は」と言った言葉が心に残った。古くは桜より梅が珍重されたという。それが時を経て桜が好まれるようになるが、その対象は山桜であったに違いない。明治になり、育ちがはやく花のつきがよい染井吉野が流行する。

この旅の数日前、私は姫路・岡山方面を回っていた。その行く先々でも、やはり山桜と染井吉野が出むかえてくれていた。

去るもの日々に疎し

事件を遠のかせるもの

昨年末から今年の春にかけて、親子・兄弟間の殺人、さらに安易に人を殺傷してしまうという事件が相ついで起きた。また飲酒運転による交通事故も多発した。「また今日もか」といった具合であった。このような犯罪が加速度的に増加している。

数年後、忘れかけたころに裁判の結果が報じられ、「そんな事件があったよな」と思い出されるのである。直接的な当事者にとっては忘れることができない事件も、第三者的立場の者にとっては「去るもの日々に疎《うと》し」なのである。

そのような事件から遠のかせてくれたのが政治家の失言や裏金問題である。そして年金問題であった。前者のような政治家は速やかに更迭《こうてつ》されるべきである。責任ある要職にある者に対する処分を明確にしないと、透明感のある政治は望めない。この参院選での与党の大敗は、そのことの重要性を証明した結果だと思う。大勝した民主党は、消費税を上げずに無駄の財政見直しで年金問題を乗り切るという。お手並拝見である。衆議院優位の与党、参議院優位の野党、政局は面白くなりそうである。

年金といえば、私の場合にも疑問があった。加入年月と支払年月が四年間ずれていた。関連機関への電話での問い合わせに四日間を費やした。電話が通じなかったのである。やっとつながった電話でも望む回答がなかったので、社会保険事務所に行った。

私の年金番号は、加入年月の五年後あたりに付けられた番号で、支払い開始年月とは一致しないという。当時は支払いを二年間さか上れる規則で、一年間さか上って支払ったのだろうということで、私の国民年金は満額もらえない。カミさんも調べてもらった。彼女の加入年月は二十歳の時、支払い開始は大学四年生の秋からとなっていた。私の場合は、親父が支払ってくれていたので理由がわからない。

ちなみに、二人の娘の支払いは、二十歳になった時から開始している。

自然災害への備え

当事者にとっては生涯つきまとうが、第三者にとって「日々に疎くなる」ものが自然災害である。

日本を襲う台風が年々大型化しているような気がする。地球温暖化による異常気象なのか、世界のあちこちで、今までとは違うという不安になる情報が目に入る。そういう時代に生きているのである。大型台風の東京上陸といったことも当然ありうる。

つい先日の中越沖地震にも驚いた。三年前の中越地震から間がないのである。人口の多い地域はズレたそうだが、被災者はいつの場合も大変である。必死に家族を救出し、少しでも被害をくい止めようと考え行動しているのである。

第三者は、テレビのニュースにかじりついて見ている。今回不思議だったのは原子力発電所の火災風景であった。周りに人の気配がない。このまま放置しておくのだろうか。いつになったら消火活動を始めるのだろうか。原子力発電所なのである。所内に消火体制は整っていないのか。テレビの画面は炎の上がる現場を映し続けていた。

その後のニュースでは、以下のことを伝えていた。この地域は海底にも活断層があり、今回はそのズレから引き起こされた地震であること。原発の火災は、道路の破壊等で消防車がすぐに行けなかったこと、そして発電所自体の構造が想定外の地震に対応できていないこと。

日本は地震国である。国も地方自治体も、いざという時の対応策に真剣に取り組まなければならない。以前にも書いたと思うが、とにかく自分の身は自分で守らなければならない。自分が無事だったら、身近な人の手助けをしなければならない。そういう覚悟を常に意識して生活する必要があるのだ。東京の場合は、援助物資などの到達も相当遅れるにちがいない。十日分ぐらいの水や食料の準備を……このことは、疎くなってはいけないことだ。

母が要介護認定に

改善しない母の症状

私の母は九十二歳になる。七月末、二ヵ月に一度ほどタクシーで通院していた病院から帰宅した。「腰が痛い」と言う。病院の廊下で転んだらしく、我慢して帰ってきたのだ。しばらく様子をみようということで、二、三日が過ぎた。「痛い」と言いながらも、食事の時には、二階の自分の部屋から階下に降りてきていたのだ。

病院で診てもらうべきだということで、カミさんが大病院に電話する。しかし、「こちらに来ても、すぐには診られない。できれば、近くのレントゲンのとれる病院で診察を受けたほうがよい」という返答であった。

車で近くの病院へ。レントゲン等の検査をするが、異常と思われるところはないものの、骨粗鬆症《こつそしょうしょう》であるとのこと。カルシウムの吸収をよくする薬の投与を二十回ほど続け、様子をみてリハビリも行なうとのこと。母の症状はいっこうに改善することなく、食事以外のときは寝たきりという状態になった。好きだったテレビもいっさい見ないのだ。病院通いは、社会福祉協議会から車椅子を借りて、週二回ほどカミさんが付き添う。部屋も階下に移し、リクライニングベッドを購入、いつも誰かがそばにいる状態にする。週に何度かシャワーだけの入浴をさせているが、これが長びき涼しくなると困ったことになる。介護申請をした方がよいということで、近くの梅若ゆうゆう館で申し込む。一週間ほどで、区の担当が来訪、問診を受ける。認定がおりるまでに一ヵ月かかるということであった。

八月末、急に「胸が痛い」と言い出す。救急車を呼ぶ。母が救急車を利用するのは、これで四度目だったと思う。かつて心筋梗塞《しんきんこうそく》の疑いで手術を受けていたから心配するが、「大したことはない」ということで帰宅する。しかし、初めて心臓病患者に用いる「ニトロ」という薬が出される。数日後、一度だけこの薬を服用した。

デイケアサービス

相変わらず、食事とトイレの時以外はベッドで横になっているという母の状態は続いていた。多少認知症の傾向もあらわれてきたようである。それでも、ひどかった床ずれも少しずつ改善していた。

九月半ば、「要介護1」の認定通知があった。早速、民間介護事業所のケアマネージャーに相談し、今後の方針を決める。おもにデイケアサービスを受けることにする。家で寝たきりの生活では、認知症状が進むだけのような気がするからだ。外的刺激が必要のように思われるのだ。

風呂も自宅で入れるように、風呂桶に入れる段差をなくす踏み台と、安定した座椅子を購入することにした。介護認定がつくと、これらの器具の費用が、一割負担ですむのだ。試してみると、我が家での入浴も可能だということがわかった。これで寒い冬も安心して風呂に入れてあげられる。

デイケアサービスも週一回から少しずつ増やしていきたいと思っているが、本人しだいなのである。ただ今のところは、「食事ですよ」「シャワーを浴びよう。風呂に入ろう」と言うと、「はい、はい」と従ってくれているのが有難い。運動量がほとんどないから食事の量も減ってはいるが、いつも「おいしい」と言っている。

どの家庭でも、年齢の差異にかかわらず、いつどんな事が起こるかわからないのである。もし、このような事例で困ったことが生じたならば、区や関係機関および近くの民生・児童委員に、気軽に相談されるとよいと思う。

今後、どのような状態になるかわからないが、母には何とか元気で過ごしてほしいと思っている。私もなるべく手伝うようにはしているが、主介護は、やはりカミさんとなっている。

「カミさん、今後ともたのんまっせ」である。

平成二十年（二〇〇八年）

モラルの変容

格差問題とモラル

道徳とか倫理といういわゆるモラルは、個人が負う感性である。

昨年は、安易と思われる殺人事件、官僚の収賄《しゅうわい》汚職事件、さらに食品会社の食材内容および賞味期間の不当表示事件等が、いつもニュースの焦点となっていた。犯罪をおかす側の長期にわたって蓄積された「身勝手さ」が一気に暴露された年であったと思われる。

元来、人は自分の都合のよいように物事を考え、居心地のよいように居場所を整え、それが長く維持できるようになることを願って生活しているのである。そして、周りの人たちも自分を認めてくれ、その人たちもそれぞれに満足しているという調和がとれていれば問題はないのだ。しかし、誰かが不満を感じると問題が生じるのである。そのような不満を感じた時には、自分の行動なり思考法を修正させていかないと、うまくいかなくなる。

さて、現在の日本は、いろいろな面で大きく変わりつつある。その一つが社会構造である。「勝ち組」「負け組」という言葉に代表される二極化される格差の問題である。人のモラルは、安定した生活における時と不安定な時とでは大きく変わるのである。それまで築き上げてきた価値感を変えなければならない状態にもなりかねないのである。つまり、生活が不安定になると、自分のことだけを考え、周りへの配慮が欠けてくるのである。

近年、墨田区内でも大型店舗の参入、さらに新東京タワー（のちに「東京スカイツリー」と命名）の建設等、経済・産業構造においても大きな変化が押し寄せてきている。関連のある店舗や街並にも大きな影響を与えつつある。さらに、少子高齢化も進んでいるのだ。区内だけでも、百歳を超えられる方が百名以上になっている。

自分のモラルというものを健康に保つ秘訣《ひけつ》として、このような社会情勢を常に念頭に入れておく必要がある。

国際的モラルと年代的モラル

次に、現在の日本で大きく変わりつつあるものが、国際的モラルと年代的モラルではないかと思われる。

国際的なことでは、日本はいまだに自己主張が下手《へた》だということ。政治面でよくこのことが問われる。あいまいなところが日本の特長ということと、主張すべきことはきちんと主張することとの区別である。主張するには、それなりの準備が必要なのだが、その準備不足が連綿と続いていて結局あいまいなままなのであろう。

国際的なことといえば、横綱朝青龍のことがある。角界には外国人力士が多くいる。「郷に入っては郷に従え」で通すのか、それとも対応策を考え出すのかである。例えば、長期有給休暇制度の導入である。力士には怪我人も多くいる。一年あるいは二年に一場所程度は、番付の落ちない有給休暇があってもいいのではないかと考える。十分な怪我の手当てができる。また、外国力士は里帰りができ、リフレッシュできるのはないかと思うのである。

次に年代的モラルである。経てきた環境が異なれば、価値感すなわちモラルも変わるのである。大まかにいっても十年ごとの年代層で、それは違っていると思われる。日本の教育制度も、およそ十年ごとに改革されているのだから。もちろん、それは親の躾《しつけ》なども大きな要因の一つであると思われる。

たとえば、ボクシングの亀田親子である。四十歳代であろう父親の指導を受け入れた息子たち。スポーツでは「強ければ良し」という考えが根強いのであろうが、人の心をうつといったものもあると思うのは、もう古い考え方なのか。今後の活躍を期待したい。

平成二十年も、おそらく昨年同様の事件が相次ぐものと思われる。ただモラルとしていえることは、自分だけの満足を追い求めるだけでなく、周囲の人々も心地良く感じられることを念頭において行動することだと考える。今年もこの感性を忘れずに、といったところである。

肺炎で入院

昨年十二月半ば、所属する役職の研修会のとき、急に肩こりを感じた。家に戻りシップを貼り、熱を測ると三十八度ある。風邪薬を服用し休む。

翌日、近くの病院へ。インフルエンザの反応はないが、症状が似ているとのことでタミフルを処方される。その晩あたりから腹痛が襲う。明くる日、再び通院。「これは大きな病院で診てもらったほうがよい」とのことで、十二年前に入院したことがある大学病院へ行くと、即入院となった。外科への紹介であったが、担当医がレントゲンから肺の異常を発見。呼吸器科へと移され、肺炎と診断される。仕事のことはカミさんに頼み、スタッフと打ち合わせしてなんとかなりそうである。そして病気のことは、医師にまかせるしかない。

血液検査で、ある数値が異常に高い。通常の六千倍近くになっている。レントゲンでも片方の肺の二分の一が写っていない。抗性物質で数値を下げるしかないという。当初二週間ほどの入院予定が、その数値とレントゲンの検査結果から一ヵ月以上の入院となってしまった。

毎日晩酌し、タバコも吸うということを問診で答えると、「酒は免疫力を低下させますからね」との医師の回答があるだけであった。それから察すると、日常の疲れがたまり、免疫力の低下と相まって肺に悪い菌が入り込み、肺炎を引き起こしたと解釈した。しかし、いろいろな検査でも、悪い菌はみつからなかった。

人の健康は、いつどうなるかわからないもの。一月半ばの退院であったが、これを記しているのは二月である。そろそろいろいろな活動を再開しなければならない。疲れの残らない生活をどのようにしていくか、それが課題のようだ。カミさんの話だと、昨年の私の口癖は「疲れた」だったそうだ。今年は「疲れた」を言わない年にしなければと思っている。

友人の息子の死

料理人志望だったT君

「Mさんの息子さんがお亡くなりになったんですか。吉田さんなら事情をご存知かと思って」と、三月初旬の早朝に知り合いから電話があった。

「えっ。知らないよ。すぐにMに聞いて折り返し連絡します」と告げ、Mに電話する。

「何かあったんだって」と私。

「Tがね、死んじゃいやがったんだ。あいつはポケットに手を突っ込んで歩く癖《くせ》があってさ、酔っぱらって倒れて打ち所が悪くて脳挫傷で……」と涙声である。

「お前とGにも連絡するところだったんだよ。おととい葬式を済ませて……」

しばらくして、友人のGから電話が。

「驚いたね。俺は今日、これから線香をあげに行くよ」

「俺は、今度の日曜日に行くつもりだ」

Mの次男のT君と私の長女は同い年。小さいころから年に何度かは会っていて、よく遊んでいた。大汗をかいたあと、いっしょに風呂に入れたりもした。懐かしい思い出である。

T君は大学卒業後、「料理の仕事がしたい」と言い出し、調理師学校に通い、二年ほど修業をしていた。その決意をしたところ、T君はMといっしょに私のところにやってきて、柳刃包丁を取り出し、「今日、親父がプレゼントしてくれたんです。修業頑張ります」と、嬉しそうに力強く語った。

Mは、「俺はTに店をもたせるんだ。他人は、大学を出てからの料理修業は大変だと言うけれど、関係ないよ。本人しだいなんだから」と、Tを励ましていた。

つい最近、「地方によい場所が見つかりそうなんだ。もし、Tが店をもてたら行ってやってくれよ」と、Mが語っていたのを思い出したら、涙が止まらなくなった。

早すぎる死

日曜日、長女は仕事の都合で行けなかったが、私とカミさんと次女の三人で、T君の霊前に線香をあげに出かけた。

Mは、「葬儀の読経中、俺と長男の二人は『チクショウ!』『チクショウ!』と言い続けていたらしい。悔しいよ。どうしようもないよ。五日間、病室で何とかなると思ったが駄目だった。事件の可能性もあるので解剖もしてもらったが、あきらめるしかなかった」と、嗚咽《おえつ》する。

奥さんは「おばあちゃんがね、枕元で『T、大丈夫だよ。元気になるんだよ』と大声で言うと、ピクンと身体を動かすんです。でも、医者が『これは、ただの条件反射なんです』って。店を出すのは田舎《いなか》なんだし、無理をしないで、特色ある店作りを考えなさいと言ってたんですがね」と涙があふれる。

息子と夫婦の夢がまもなく実現する矢先のことだった。

私の娘たちと遊んだ子供時代のこと、それから高校・大学時代、その後のことなど、T君の思い出を皆で思いつくままに語りあった。霊前に供えてあったT君の好きだったビールと缶チューハイは、私とMとで飲み干していた。

Mは言う。「こいつの骨は墓地には入れないで、このままここに置いておくんだ。俺らといっしょに、これから過ごすんだ。俺はそうする。あいつは家に帰ると、朝から『親父、飲もう』と、ビールをもってくるんだ」

「Tは、バンカラを楽しんでいたんだよ。お前を見習ってさ。Tにとっては、お前が最高の師匠だったんだよ」と、私が言うと、

「そうだよな。そうかもしれない」と、また涙。

二十六歳の死であった。これからという時の死であった。

T君の冥福を祈り、線香をあげつつ「親父とお袋のことを見守ってやってくれ」と、頼んだ。

過渡期の日本

道路整備費財源特例法、いわゆるガソリン税については、参院では野党による反対で不採決、衆院では与党による再可決に至ったが、その過程は、税金の無駄遣い、政治の大切さ、さらに税制のあり方を国民に示してくれる大きな役割をはたしてくれた。

わが国では、政治家・官僚の金にまつわる問題が連綿と続いている。完膚《かんぷ》無きまでに膿を出し、悪い慣習を正さなければならない。すなわち、歳出の正常化をはかることが最優先事項なのである。そして、どうしても不足する分については、国民が納得できるような税の徴収方法を考え、税法を整備すべきである。

日本は世界でも屈指の貧困国家だという。経済大国日本という面影は、もはや幻なのである。隅田川沿いに並ぶホームレスの青いビニールハウス、年収二百万円以下のワーキングプア階層の増加、という現状をみれば一目瞭然《りょうぜん》である。バブル経済崩壊後、これらの傾向に拍車がかかり、いっこうに改善される兆候がみられていない。

さらに、後期高齢者の医療制度の導入をみると、この国の官僚・政治家の場当たり的な事なかれ主義という体質の継続としかみえてこない。大局的見地を持った方針とは、とても思われないのだ。

世界的にみて、産業構造も大きく変化している。「勝ち組」「負け組」といわれる二極化が進行しているといわれるが、どの産業もそれなりの役割を担って存在し続けているのである。また、人の生活も収入の差、年齢の差はあるにせよ、脈々と存在しているのである。

現在の日本は、ありとあらゆるものが構造的に変化する過渡期に当たっているのだと思われる。そんなおり、政治も国民の現在・将来のことを見すえた大局観のある変容を遂げていかなければならないと思う。

小さな幸せを感じること

中国四川《しせん》省の大地震のこと。秋葉原の通り魔的な殺人事件のこと。いつ自分の身に同じようなことが起こるかわからないことである。亡くなられた方たちには、心よりご冥福をお祈り申し上げる。

しかし、そのようなことばかりを心配し続けて生活するのも、いかがなものかと思う。人には、いくつもの立場や関係が存在している。そのなかの一つにでも楽しさを、あるいは幸せを感じる心を持つことも大切なことだと思う。

例えば、仕事では何人かとの触れ合いがある。そのなかの一人にでも心を許せる関係があるなら、それで良しという考えを持つということなのである。家庭では、夫婦・親子関係があるが、一日にあるいは数日に一回は、何かしら楽しい話題となることがあるはずである。それを見つけ出し、喜び合えばよいのである。私たちの先達《せんだつ》も、そういう工夫とか知恵をもつことを連綿と続けてきたのだと思う。仕事場なり家庭なりで、一人一人が、あるいは誰かがそういうことを実践していく。その大切さを忘れているのが現在の人間関係なのかもしれない。

我が家では、よくカミさんが「これ大丈夫かしら」と賞味期限切れの菓子などを出す。少しだけ二人で毒味を兼ねて食べてみる。二人で用心深く挑戦してみることが大事なのである。「大丈夫そうだ」と感じたところで頬張る。そんなささいなことでも一体感が生まれるのだと思う。そのような出来事を娘たちに話す。「気をつけないといけないよ」「捨てちゃえばいいのに」という言葉が返ってくるが、いちおう親子の会話に発展したのだと考える。

そのような日々の小さなことを会話の元にしていくことが、通常の暮らしであって、そこに幸せ感が生まれるのだと思う。

物価高をどう乗り切るか

原油価格の高騰

先日の日曜日、私の所属する一つの会の研修会があり、バスで新潟方面へ出かけた。錦糸町《きんしちょう》から首都高速、そして関越自動車道へとバスはスイスイと進む。つまり、どの道もガラガラなのである。

よくこの道路を利用するという同乗者が、

「最近は、高速道路はあまり混んでいないけど、こんなに空いているのは本当に珍しい」と言い出す。すると、会話がガソリンのことで盛り上がる。

「これはガソリン代の高騰が原因ですよ。車の運転を自粛する人が多いんですよ」

「今、ガソリンを入れる時に、満タンにする人が減っていて、十リットルだけとか、二千円分だけという人が増えているんですよ」

「これでは高速道路の収入も大きく減るんじゃないですか。これが長く続くと、料金の値上げということも起こる可能性があるね」

「今回の原油値上げには、日本からの多額の投資がからんでいるらしいですよ」

「日本で運用しても利益が得られないということで、日本人の資産が外国の投資先に向けられているんです」

「政府が国際的な立場で、この投機的原油値上げに歯止めをかけないと、大変なことになりますよ」

途中のサービスエリアで昼食をとる予定が、三時間ほどで目的地近くに着いてしまった。研修先で昼食をとることになり、研修時間もたっぷりとれた。

数日して、燃料費高騰による漁船の操業休止等のニュースが流れた。ただならぬ様子で、石油値上げ問題が、日本あるいは世界の経済に大きな影響を及ぼそうとしている。

人為的問題は、人為的な知恵により解決していかなければならない。

収支バランスの見直し

この原油価格高騰は、あらゆる物価に影響を及ぼしてくる。

電気・ガスの公共料金の値上げにつながり、家計の負担を増大させるとともに、あらゆる生産業のコスト高にもなる。ジワジワと生活必需品の値上げが始まっている。

漁業関係だけでなく、農業の肥料等も高騰しているという。生産者も思うような価格への転化ができないと、操業中止ということになる。価格を上げなければ生産は続けられないし、安くなければ消費者の購買力は落ちていく。経済の常識なのかもしれないが、悪循環である。これらが金融投資という原因で起こっているという。それが現実なのである。

一般消費者は、自分の生活状態をじっくり見つめ直さなければならない。つまり、収入と支出のバランスを自分の実情に合わせてコントロールしていくしかないのである。ガソリン代を節約する。高速道路の利用を控える。生活必需品の消費の無駄をなくす。等々で乗り切るしかないのである。

さて、バスの中では、次のような会話もあった。

「戦争中や戦後の食料難のことを思えば、まだまだ何てことはないですよ。芋ばかり食べていたんですよ。それでも何とかなった」

「今のカボチャはおいしいけど、あの当時のカボチャは、まずかったな。それでも食べる物があるってことは幸せですよ」

「現在の日本の食料自給率は三十九パーセントですか。これは何とかしないと。戦時中に戻ってしまう」

「ゴルフ場に芋を植えるんですよ」

このような考え方をもって、常に家計の収支バランスを見直すことが大切なのである。私たちの先人も同じように、いろいろな場面を乗り越えてきたのである。私たちも苦難があれば、それを乗り越えればよいのである。何とかなるさ。何とかしなきゃ。

努力なくして道は開けない

目標実現に向かい心身を労してつとめる努力について、最近の話題から考えてみたい。

第一に、北京オリンピックのことだ。テレビ等の報道で、メダル取得者の苦難の過程を紹介するという手法が多く用いられていた。病気やけがの克服、家族や関係者の協力等、ドラマ番組をみるような構成になっているものがほとんどだった。世界のトップを競う場である。感動的なエピソードもなく登場してくる選手はいないはずである。今回のオリンピックで、そのような紹介をなされる度に、私は、選手になれなかった人、また、敗れ去った他の国の選手のことが思われた。運・不運といったところで努力が報われない。人生の縮図が、華やかな表彰セレモニーに……そう感じたのは私一人であったのだろうか。

第二に、福田首相の辞任だ。一国の責任者が、任期を全うせずに退くということは不自然なことだと思えるのである。理由はどうであれ、自分だけ辞するのではなく、内閣総辞職ということでなければいけないのである。安倍前首相のピンチヒッターということで、自分の目標・主張を明確に持ち得なかったと理解するしかない。心底から涌き出る努力以外、長続きしないのだ。

第三として、オリンピックと福田首相の辞任の間に、次のような小さな新聞記事を目にした。海にイカダを浮かべ、その上に光電池を配置し発電する。イカダの下にも光が入り、海底を良い漁場にできるという。ある大学教授の研究成果が実りそうだというものであった。そんな人類に夢のある研究を進めている人もいる。

世の中では、みないろいろな努力をして、日々生活しているのである。それらの努力が報われるかどうかはわからない。しかし、努力なくしては道は開けないのである。自分が満足できる努力をしていくしかないのだと思う。

増長する不信感

不当なことに目を配る

▼中国生産の毒入り餃子問題に加え、乳製品にも有害な添加物が混入されていた。

▼日本でも、肉類の不当表示販売、さらに、汚染米が一般流通していたという。それを農水省の検査官が見逃していた不祥事。

▼厚労省・社会保険庁は、いまだに年金問題を解決できないばかりか、年金の改ざん指導を過去に行い、その数も定かではなく判明できないことも多くあるという。

▼殺人事件が枚挙にいとまがないし、オレオレ詐欺を代表とする詐欺事件がいっこうにおさまらず、被害が拡大傾向にあるという。

▼アメリカの金融市場が暴落し、世界恐慌を呈するという。それにともない日本の経済への影響は大で、国民の生活負担も増大しそうである。日本のバブル経済崩壊が世界規模で再現しそうである。

この一年は、あらゆることに不信感を増長させることばかりが続いている。しかし、それらについて不安・不信だけを感じても仕方がない。悪い点はどんどん出て、明るみになることが大切なのである。もっと問題点を浮き彫りにすべきなのである。そして、それらを是正していくということが、健全な社会の姿なのだと思う。不自然・不可解な問題は、ずっとそのまま続いていくものではなく、どこかで修正されていくものなのである。

我が家でも、食料については、「生産地はどこだ」と、パッケージの表示を確認するようなことが続いている。カミさんは、「おかしな物は、店頭に置いてないでしょ」と言いつつも、表示に目をやっている。事後処理ではあるが、これが一般的な対処法なのだと考える。つまり、問題がある商品は、不買という形で防御するしかないのである。

私たちは、常に不当なことに目を配り続けなければならないのだ。

危機の経験を生かす

政治・官僚の不祥事も、食品安全問題と同様に、どんどん明るみに出る方がよいのである。そうなることにより反省材料となり、今後のよりよき改革へとつながるのである。

今の政治的問題も、その多くは過去の不備が現在に噴出したものである。これからも、次から次へと「こんなことも」といったものが表面化していくのだと思う。そうなった時、「今後にとって良いことだ」と考えることが、最も妥当な思考法だと思う。

日本はバブル経済崩壊を乗り越えつつある。アメリカの金融問題に対しては、その経験を生かして、今後起こり得ることを想定し行動していくしかない。創意工夫あるのみである。

話は変わるが、先日、私の所属するある会で、保健所の方が次のように述べられた。NHKのテレビでも放送されたということだから、ご存知の方もおられると思う。

突然変異のインフルエンザが発生する可能性が考えられる。これは、現在のワクチンでの効果が期待できない。だから、それが発生すると、多数の死亡者が出ることが予想される。外出をせずに自宅待機を余儀なくされることになるかもしれない。そこで、大震災の準備と同様に食料備蓄をする必要がある。二週間ほど外出しないですむようにすべきだ。

ということであった。世界じゅうのどこに起っても不思議はないし、その流行は、すぐに日本にも及んでくるという。

歴史的にみても、病気の流行で大量の死者が出たという記録は数多く残っている。いつどうなるかわからないのが現実である。

水・食料の備蓄。我が家もわずかであるが準備はしている。

私たち庶民は、危ないということに関しては、十分に気をつけること、これ以外に対処法はないのである。

平成二十一年（二〇〇九年）

家族で力を合わせて

昨年を振り返る

昨年の正月は、肺炎で入院していて病院の一室で過ごしていた。一月半ばに退院したが、ボランティア的活動で責任ある立場が増え、会議等が一昨年の三倍となっていた。仕事の方はスタッフを充実させることで、なんとか乗り切ることができた。

さて、昨年の自分のことを振り返ってみる。

まず、お袋のことである。一年半ほど前に、二階の自分の部屋から下りてこなくなった。見に行くと暑いのにクーラーもつけずに布団の上に横になっていた。「大丈夫だ」とは言うが、いつもとは様子が違っていた。かかりつけの医師に診てもらうが、はっきりしない。ベッドを購入し、一階に部屋を移す。その後、介護認定を受けるようになり、デイケアサービスやショートステイのお世話になっていたが、昨年秋にはリハビリ設備のある病院に入院することになった。病院では我が家のように寝たきりにはしておかない。昼間はいつも車椅子で過ごしていた。約三ヵ月がたち、十二月半ばには、いちおう退院ということになったが、様子をみながら、介護のケアマネージャーとも相談しつつ対応していかなければならない。持病の糖尿病も入院中にインスリンの投与を受けるようになった。そして退院後の注射の担当は、カミさんの受け持ちとなった。

お袋の口癖は、「みんなといっしょだから、さみしくない。ありがたいと思っているよ」「食べるものは何でもおいしいよ」「ありがとう」である。認知症もだいぶ進んでいるようだ。わがままな言動がないのが周りにいる者にとって有難いことなのかもしれない。よく介護の大変さを耳にするが、お袋の場合、今のところは穏やかな生活である。

九十三歳。戦争という苦しい時期を過ごし、五人の男の子を育ててきた母である。

娘の結婚

次は長女のことである。私の昨年の退院直後、娘に「彼氏とはまだ付き合っているのか。結婚の約束はしているのか」とたずねると、「そうだ」と答える。結婚の時期を聞くと返事がない。娘は二十六歳。病み上がりの私ではあったが、「これはなんとかしなくては」という直観が働いた。今度彼氏を連れてくるようにと娘に言った。

数日後、彼氏と娘を前に「給料は安くても二人で力を合わせればなんとかなる。娘が二十七歳のうちに結婚してくれないか。協力はいくらでもする」と告げる。彼氏は「親とも相談し、そうできるようにします」と答えた。

若者たちにも、いろいろと事情はあるだろうが、こういうことは誰かが強く背中を押してあげないと、なかなか前へと進まないものだと思う。私の病も、粋なご利益を運んでくれたものだと考える。まもなく、娘と腕を組んで、バージンロードを歩くことになる。

去年の社会情勢は、好ましくないことが度重なって起きる不安定なものであった。秋には、「未曾有《みぞう》」の金融危機へ突入した。今年の経済動向においても不安材料が山積みである。娘と彼氏もこの難局を、さらにこれからの長い年月を力を合わせて乗り越えていかなければならないのだ。私にとっては、新たに息子ができ、家族が増えて嬉しい限りである。

今年の正月は、病室ではなく我が家で過ごすのである。体調には十分気をつけなければと思っているが、病気ばかりは「神のみぞ知る世界」とも思っている。

いやいや若い二人だけのことではない。我が家では、お袋の介護のことも続くのだ。それこそ家族そろって力を合わせていかなければならないのだ。

世界の景気もなんとか年内に上向きになってほしいものだが、日本の政治は頼りになりそうもない。オバマ米大統領に期待するしかないか?。

不況を打開する知恵

株価暴落

「もうそろそろ予定の利益が出そうで、それを機に株は止めようと思っていたら、この暴落。マンション二部屋分を損した」

「仕事関係で、株を買っておけば有利になると思って買ったけど、株価は半値以下になってしまった」

「もうひどいものよ。あと何年で戻るかわからないけど、我慢するしかないわ」

と語る友人たちがいる。

日本は、バブル経済崩壊で、二十年近く前に株の暴落は経験済みである。当時、友人に誘われて私もわずかであるが投資した。少しの利益を手にしたが、元金ともどものように使ってしまったか記憶にない。

一般の人たちは、ゆとりある資金があれば銀行の定期預金にし、その利息を楽しみにするが、バブル崩壊後、利率は0パーセントに近い。そこでリスクは伴うが、うまくいけば多くの利益が望める株等に投資するのである。

百年に一度といわれるこの株価暴落は、世界の経済に大きな波紋を及ぼしている。景気後退は、経済活動を低下させ消費を落ち込ませる。それは雇用問題にもおよび、悪循環を繰り返す。国際加工貿易を主とする日本経済は、世界不況により、当然大きな影響を受けるのである。

ドイツでは、十年以上使われている自動車を買い替える者に、政府が補助金として三十万円を支給するという。これは、省エネ、CO_2の削減にもつながり、好評だという。評論家は古い家電製品にも応用できると絶賛する。

このような、企業側も生産力を上げられ、消費を拡大し、さらに地球環境にも効果があるという政策が必要なのだと思う。それにより利益の上がる企業からは、法人税等をアップし、使われる税金の回収をすればよいのである。

この難局を打開するには、相当の知恵が必要なのである。

大きなチャンス

株価暴落と不景気。これらは、かつて第二次世界大戦・太平洋戦争を引き起こした一要因といわれる。各国が自国の維持発展のみを第一義と考え行動するからである。そうなっては悪しき歴史がくり返されるだけである。現在においては、そんな馬鹿げた発想はありえないと信じたい。

さて、前に掲げたドイツの自動車の例は、今後の日本の内需拡大策、さらに地球温暖化防止策への一歩としても、大きなチャンスを示してくれているのかもしれない。

貿易立国である日本は、世界的規模の大不況の中、とりあえず内需拡大策を積極的に推し進めなければならない。そのためには効率の悪くなった設備等を、最新の効率の良い設備に切り替えていくべきである。それに対し、政府が実行できるような援助を投入する。のちのち法人税などで回収可能な国債等を発行し、資金とするのである。ただし、これはけっして国民負担となる赤字国債となってはならない。

この方式は、耐震性に問題のある住宅改修にも応用できる。行政が積極的に調査し、災害時に備えた対策をとるのである。さまざまな産業で応用をすることにより、雇用対策を明確化していかないと、明るい将来は見えてこない。

農業・漁業などの一次産業においても、輸出までできるような豊かな産業に成長できる政策を考えるべきである。

太陽光発電、風力発電等を加えた総合的開発も重要となってくるだろう。日本が世界をリードできる国となるには、不況を好況に変える知恵が必要なのである。バブル経済崩壊後の、若者から夢を奪うような就職氷河期といわれる状態を再現してはならない。

これを書いているのは三月初旬。平均株価が七千円割れ寸前である。わずかしかできないが、投資するのも面白そうである。

一病息災

老人介護のコツ
友人が入院した。その見舞に行った時の話である。
同室のお年寄のところに、看護師がたびたび顔を出す。
「あの人、相当悪いの？」と友人に聞いた。

「イヤ、そうでもなさそうなんだけど、看護師や奥さんの言うことを聞かずに、トイレばっかり行くんだ」

その病室は、四人部屋。部屋の中にトイレはあるが、その人が独占しているという。

「この部屋でも一泊八千四百円だぜ。トイレは仕方ないから共同の方に行ってるんだ。あの人のトイレの回数も、一昨日あたりと比べたら減ってはいるんだけど」と友人は言う。

「それはどういうこと？」

「浣腸して大丈夫なはずなんだけど、習慣となってしまってトイレに入らないと気がすまないらしい。また、耳も遠いから、看護師や奥さんが『Iさん』『パパ、パパ』と大声で呼ぶし、倒れてけがをすると困るので、いつもトイレの前で待機しているんだ。消灯時間になるとベッドをナースステーションに運んでいたんだけど、一昨日、男性の看護師が当直となって変わったんだ」

「どうしたんだい？」

「よくはわからないんだけど、長い間二人でいたんだ。そして、寝る前にその患者が『トイレに行きたい』と言うと、『今日はもう四回行きましたから必要はありません』と行かせない。すると納得して、この部屋で寝たんだ」

友人がその男性看護師に、

「あの人が、部屋で寝るなんて不思議だね。君はすごいね」と言うと、

「私は、ここに来る前に老人介護の施設で働いていたんです」と答えたという。

老人介護特有のコツがあるのかもしれない。彼のような経験を持つ者が看護師となり、その経歴を生かす。友人は「面白い」と目を輝かせて語った。

病人とタバコ

病室は大きな声が飛びかってうるさいので、友人に誘われて屋上に行った。

「タバコ持ってる？」と友人が聞く。

「あるよ」と出しながら、

「ここは禁煙じゃないの？。禁煙マークがいっぱい貼ってあるよ」

「タバコを吸う奴にとっては、こんなの関係ないよ」

「Aさん元気？」と、五十歳前後だろうか、頭にスカーフを巻いた女性が、タバコを吸いながら友人のところに近づいてきた。友人が言う。

「彼女はね、肺ガンで放射線治療をして、抗ガン剤も打っているんだ。でも、タバコは絶対に止めないと威勢がいいんだ。外出許可が下りると、パチンコ屋に行ってプカプカやってるんだって」

また、別の人が来て「タバコは悪いと知っているんですけどね。どうしてもね……」と言う。

「ああいう人、多いね」と私。

「俺も、止めなきゃと思ってはいるんだけど、精神力が弱いのかな。お前がタバコを持っていると思うと我慢できなかったんだ。もう一本あるか？」と友人。

「吸ってもいいんじゃない。医者がダメといわなければ」と私は話を続ける。

「俺もさ、成人病といわれる病気がいくつか見つかって、対処していかなければならないんだ」

「そりゃ大変だ」

「まっ、年齢的な問題なんだけど。アルコールは、ドクターストップがかかってね。許可が出るまでは飲まないことにした。タバコは、半分にということなんだ。そこで、一時間ごとにした。すると一日一箱。今は二時間ごとにして、一日十本程度だ」

「優秀だね。三時間ごとだと六本くらいか」

「タバコは、ストレス抑制剤という薬なんだと思うことにしたんだ。そして時間を守って吸わなければいけないと」

「賢い。俺もそうする」

そんな話をして、友人の見舞は終わった。

医師の指導と自己管理

病とはあまり関係なく過ごす人もおられるであろうが、私にとっては、還暦が健康上の分岐点のようである。かといって、そう深刻な状態ではなく、要注意という段階なのかもしれない。「早い発見で、よかったと考えるべきだ」とは医師の弁。私も同感である。「一病息災」といった具合にすればよいのだ。自分の身体からの警告を素直に受けとめればよいのである。つまり、今後は、年齢に応じた食生活や運動等を自己管理して、精神と身体のバランスを崩さぬようにするのである。

前に述べたように、最も自己管理の難しいのは嗜好品《しこう》である。たとえば、アルコールの好きな人が、禁酒したり、酒量を調節するということは、至難の業なのだと思う。私の場合は、このことは苦労なく克服できたようだ。ところが、タバコは、そうはいかなかった。友人に勧められて、水蒸気の出るタバコまがいのパイプのようなものを購入したが、水蒸気の出が悪く失敗。高い買い物をしてしまった。

そこで考えたのが、時間による喫煙であった。一時間ごと、それができたら二時間ごとにするのである。禁煙することは考えないのである。自分にとっては、タバコは薬なのである。ストレスを抑える薬なのだ。医師もアルコールに関してはダメを出しても、タバコに関しては、ストレスがたまらない程度に、との指導であった。

私が受けた医師の指導には、「醤油は、舌の先が感じるものです。刺身を食べる時は、刺身に醤油を少しつけ、醤油が舌先に最初につくように食べれば満足しますよ。また、ソバやウドンの汁は、残すようにしてください」というものもあった。

要は、自分がいろいろと試し、納得していかないと精神と身体のバランスは保たれないのだと思う。私も病とは長い付き合いとなりそうだ。せいぜい楽しんで実験していこうと思う。

そろばんの歴史と大河ドラマ

録画撮りに立ち会う

私の珠算学校が、珠算史研究学会の本部となっている関係から、年に数回はテレビ局や出版社から、いろいろな問い合わせがある。六月のある日、NHKの大河ドラマ「天地人」での、そろばん使用場面に関する質問の電話があった。当時の算法のことなどを十五分ほどであろうか話した。

数日して、「明日、録画撮りに立ち合ってくれませんか」という連絡があった。授業を調整して出かけることにした。ドラマは豊臣秀吉の朝鮮出兵にまつわる話で、一五九〇年代のことである。

当時、日本にそろばんが存在したという資料は、一五八〇年ころの中国の書で、日本の海賊「倭寇《わこう》」に悩む中国の日本に対する研究書『日本考』にある「算盤・所大盤、そおはん」が、今のところ初見である。当時、そろばんがどれだけ流布していたかはわかっていない。しかし、前田利家が一五九二年の朝鮮出兵の際に、九州の名護屋城で使用したといわれるそろばんは、今も前田尊経閣に保存されている。

さて、当日夕刻、NHKの一〇六スタジオに入る。大坂城内の石田三成の居所で、三成の家来が朝鮮出兵の計画を練っている場面という。そろばんが四丁あったが、二丁は大正・昭和期のものと思われ、「これらはダメ」と言うと、ディレクターは撤去を命じる。残る二丁は、五玉二つ、一玉五つの中国製らしいダンゴ玉のもの。NHKのスタッフ（小道具係）が製作したものらしい。「これなら、おかしくない」と、OKを出す。

三成の家来たちが、大量の書物の中、仕事をしている。もちろん、そろばんで計算している者もいる。彼らには、上の五玉、下の一玉は使わなくてもよいと指導した。妻夫木聡ふんする直江兼続《なおえかねつぐ》が、小栗旬ふんする石田三成に、「太閤殿下に、朝鮮出兵を思い止まるよう進言してほしい」と頼む場面である。

ドラマに出演

そろばんで計算する場面をアップで撮るという。演じる役者の指先が「どうも不自然だ」ということで、私が指導していると、ディレクターが「吉田先生がやってください」と言い出し、衣裳部屋に連れていかれる。着物を羽織らされ、現場の武士の裃《かみしも》をぬがして私の肩に置く。「本番いきます。五、四、三、二、一」……「OK」、モニターで確認。

夕方五時からの立ち会い、私の役目が完了した時は、九時になっていた。

七月になり、再びNHKから連絡が入る。直江兼続が、検地帳を見ながらそろばんで計算している場面に立ち合ってくれないかということであった。

「検地帳」の内容に関する知識はもっていたが、NHKが準備していた検地帳のようなものを見るのは初めてであった。一行の上段に、上田（よい田）、中田（ふつうの田）、下田（よくない田）の記載。次に面積（たとえば、三畝五歩、歩は坪）、さらに年貢高（たとえば、三石三斗）、最下に田の持ち主名（たとえば、甚助）がある。

兼続役の妻夫木さんに「そろばんはできるの」と聞くと、「できません。先生がお手本をみせてください。真似しますから」と、私の方にそろばんを向けられた。「三石三斗たす一石五斗」とやってみせる。

さすが役者である。本番は見事な指さばきであった。しかしその後、妻のお船（常盤貴子）との会話に移るところでは二度ほどＮＧを出していた。その言い分けとして、「どうも、そろばんが気になった」ということであった。

ドラマとしては、そろばんの登場場面は、一つのアクセント程度のことかもしれない。しかし、私たち珠算史研究者にとっては、中国から日本への伝来時期という歴史的に意義深い時代のことであり、わずかではあるが、立ち合えてよかったと思う。

政権交代と日本のこれから

民主党圧勝の選挙速報が流れた時、これで日本にも、今までとは異なる民主政治が到来したという感がわいた。

ダメと思われる政党は選ばない。また、選べる別の政党が存在するということが最も大切なことなのだと思う。およそ六十年続いた一党支配という構造の崩壊。機が熟したといわんばかりの選挙だったのであろう。民主党のマニフェストに魅力があったというよりも、ここで代えないと、という国民心理のあらわれの結果だったと思う。

まだ新政権となって二ヵ月。その中で、良いと思われることは、

①担当大臣が、とりあえず自分の考え方で行動していそうだということ。

②見直し項目に対して、積極的に立ち向かおうという姿勢が見られること。

くらいかな。

これらも裏を返せば、悪評になりかねないのである。つまり、大臣の発言が批判され、トーンダウンし変化していってしまう。見直しされる側への対策はどうなるのか、など。

さらに、外交問題での具体的対応はどうなっていくのか。民主党内の意見の統一は。大臣のスキャンダルは。……これからが正念場であることに間違いない。

先日、小学生と思われる子どもたちが、羽田空港のハブ空港化問題で、前原国土交通大臣と、橋下大阪府知事（関西空港）、森田千葉県知事（成田空港）とのやりとりについて話していた。子どもたちにもわかる有名人の対決が面白かったのであろう。今後も、国内政策はもちろん、外交政策においても、「わかる議論」「わかる説明」をしていってほしいものだ。四年後に、本当の意味での民主政治の選挙が行える日本になっているように。

貧困という問題

貧困率の増加

社会のニュースとして、麻薬使用者の急増のこと、相次ぐ殺人事件のことが取り上げられている。ニュースの話題として登場するものは氷山の一角であり、水面下にはその数十倍、数百倍という事例が埋れているのである。今後しばらくは、これらの問題がニュースの中心ということになるのであろう。

薬物に手を出した者は、アルコール依存症と同様、ほとんどの人がくり返し、完治するのは難しいという。また殺人犯罪は、自己中心的な生活環境が生み出す現代社会の象徴といえるものなのかもしれない。ほとほといやになってしまうが、日本はそういう社会となっているのだ。

さて、最近のニュースで取り上げられる、もう一つは貧困ということである。今までは、おもに先進国で構成される経済協力開発機構（ＯＥＣＤ）によって貧困率が発表されていたが、経済大国といわれるアメリカや日本が、貧困国のトップクラスにあるという情報に驚かされたことを思い出す。

貧困率とは、国民の平均年収の半分に満たない年収で暮らす人が何パーセントいるかを算出したものである。日本での平均年収が四百万円だとすると、その半分の二百万円に満たない年収で生活する人が何パーセントいるかということである。

このほど、厚生労働省が、日本独自でこの貧困率を調査・発表した。約十六パーセントということであった。この数値は、約六人に一人に当たるものである。

バブル経済崩壊後の日本では、ホームレスといわれる人たちが多く出現。段ボールハウスから現在のビニールハウスへと急増し続けていたのだ。

そして昨年、アメリカの金融破綻によって世界経済は大不況に陥った。最近のニュースでは、来年度の高卒者への求人率が五十パーセントにも満たないことが報道されていた。

もはや経済大国ではない？

この貧困の影響は、大人社会の問題だけでなく、子どもの生活、さらに未来の日本の姿に反映するという指摘もある。

すなわち、子どもへの教育費用が捻出できない。もっと不幸なことには、日々の十分な食料も確保できないということになる。そのような状況下で育つ子どもたちは、どのような生活をしていくのだろうかという心配がわいてくるのである。

日本は資本主義国である。当然ながら、経済格差の生じる社会なのである。そこで経済大国といわれるアメリカや日本では、不況といわれる時には、その格差が増幅されるのである。しかし、それがそのまま放置されてよいはずもない。そこで、政治による各種の社会福祉政策が必要となるのである。ヨーロッパの先進諸国では、国民の税負担率を上げ、教育・福祉政策を充実させ、老後も不安のない豊かな国造りに取り組んでいる国もある。

もはや経済大国という言葉も、日本には当てはまらないのかもしれない。中国をはじめとするアジア諸国の経済発展は、国際貿易と内需拡大という二つの要因によって、上昇を続けていくのだと思う。

日本の民主党政権、いよいよ本格的な活動に入る時期となった。どのような舵取りで、さまざまな難局に取り組んでいくのか、私たちは、しっかりした目で判断していく必要がある。

このほど、東京都の発表では、ホームレスの数が十年前に比べて半減しているという。しかしそれは、いわゆるビニールハウスが少なくなったということであって、実質はほとんど改善されていないといえよう。つまり、これも氷山の一角で、安く宿泊できるネットカフェ難民といわれる人たちが急増しているというのである。経済の回復が伴わない限り、貧困率は下がっていかないのである。

平成二十二年（二〇一〇年）

今年も乗り切ろう

日本経済は、なかなか立ち直れないでいる。経済成長の大きな課題として、グローバル（地球規模的）社会における環境問題の解決が急務となっている。

自動車で言えば、ハイブリッドカー、電気自動車での技術開発競争が、各企業間、各国間で激化している。

ＬＥＤ電球などの省エネ製品の開発および売り込みも盛んである。電気消費量の少ない電球に取り換えれば、一年あるいは数年の使用で元が取れる計算になるという。さらに、それから先が、ずっと得になるというのだ。パチンコ業界に詳しい友人が、「パチンコ店がこのＬＥＤ採用に積極的になっている」という。

日本は、そのようなハイテク産業で、世界をリードし続けられるのか。資本主義社会である以上、企業も国家政策も、競争相手より上回る実績を上げていく必要があるのである。

しかし、歴史的にみて、繁栄する産業の陰には、時代の流れに取り残されていく産業なり、個人が常に存在しているのである。また、生産拠点がどんどん発展途上国の低賃金労働のところに移動していることが、日本の末端産業の景気低迷に追い打ちをかけている。

そのようなことを考慮に入れ、自分のでき得る限りの努力をしていく。それしか方法はないのである。

航空会社大手の日本航空の場合も、せっぱ詰らないと方向性を見い出せないようだ。ある程度の予測がつくうちに、対処法を実施していけばと考えるが、大手には大手なりの問題があるのであろう。

当たり前のことだが、今年も最終的には年末になってみないと、それぞれにとって、よい年であったかどうかはわからない。これから一年、なんとか乗り切れるように努力をしていきましょう。

T・P・Oを考える

ファッションをめぐって

今これを書いているのが二月の半ば。バンクーバーオリンピックが始まって間がなく、日本選手のメダル獲得はまだない。今後、日本選手がどのような活躍をするのか、楽しみな競技もある。ことにカミさんは、フィギュアスケートの大ファンで、テレビの放送があると必ず見ている。「どこがいいんだ?」。同じようなパターンなのに」と聞くと、「音楽があるし、綺麗だから」という。

さて、今回のオリンピックの日本選手団の服装について、物議をかもした問題があった。スーツの下のシャツが飛び出している。さらにズボンがいわゆる腰パンというスタイルで、づり下がっている。今流の若者のファッションを公式ユニホームのスーツ姿でも押し通そうとしていたのだ。本人にとっては、ごく自然なことであったろうが、組織の関係者にとっては奇異なファッション、協調性を乱すものと判断されたようである。流行が定着するまでには時間がかかるし、一時的なもので終わるファッションもあるのである。

私の若いころのことについて考える。ホテルなどでもノーネクタイでの入場が断られることもあった。そのような時代から、ロングヘアや多種多様な流行ファッションの登場、その定着化により、服装などに関する価値観が大きく変わっていったのである。

流行を創ったり追ったりするのが若者の特性ではあるが、T（時）、P（場所）、O（場合）により、自分以外のことにも合わせることができる感性を持ち合わせてほしいものだと思う。

私の友人にも服装にこだわりをもっている者がいる。しかし、彼らも訪問する相手や場所によっては、似合わないと思われる服を着る。「お前もこんな服を持っているんだ」と言うと、「当たり前だろ」という言葉が返ってくる。

横綱の品格

次は、朝青龍の引退について考えてみよう。引退を表明する前に、私の友人たちは「解雇しかない」という者が多かった。あえて辞退ということで決着に導いたのは「武士の情」であったのかもしれない。「横綱の品格」ということに的確に答えられている評論家もいないようである。相撲は日本の伝統的文化である。その頂点に立つといわれる横綱に「らしく」という課題がつきつけられていたのだ。「強ければよい」ということではなく、他の模範となる行動をとりつつ職務を全うしなければならない。朝青龍には、理解できなかったのだ。いや、そんな日本人独特のあいまいな文化を壊そうとしたのかもしれない。

朝青龍も、前述のオリンピック選手の服装の乱れも、世の中の常識に迎合しない、する必要はないということなのだと思う。そういう若者たちが増加し続けているのかもしれない。つまり、T・P・Oなんか関係ない、自分のやりたいことをし、周囲にどう思われようがかまわない。二人の場合は、それぞれの道で頂点に立つ技量を、彼らなりの努力で築いてきたのであろう。親方やコーチの忠告を聞くまでもなく、誰にも真似のできないパフォーマンスが簡単にできてしまうのであろう。

しかし、そういう天才的な才能の持ち主にありがちな独善的な行動が、その才能を台無しにすることが往々にしてある。若いから仕方がないと言ってしまえばそれまでだが、一芸に秀でた者には、周囲を楽しませる愛嬌《あいきょう》も必要であると思われる。それもT・P・Oに合わないと、裏目に出てしまうことがある。

T・P・Oを考えたファッションや行動はそうたやすく身につくものではない。オリンピック選手には、ぜひ良い成績を上げてほしいし、朝青龍にも別の世界での活躍を期待したい。

スッキリしない春

今年の東京の春は、暖かったり寒かったりのスッキリしない天候が続き、三月二十日ごろ開花した桜は、四月十日ごろまで長い間咲いていた。この天候不順が農作物などに悪影響を及ぼさなければよいと願うばかりである。

日本の経済状態もいっこうに回復せず、大卒者の就職率もひどい状況であった。また、政治の話題も、沖縄の基地移転問題のほか、児童手当や高校の授業料無償化問題などから発生する増税のことがチラホラと出てきている。さらに、野党の分裂、新党結成となると、日本は大丈夫なのかという気持ちになる。それだけ、政治・経済の是正が簡単なことではないということなのであろう。

さて、私ごとになるが、今年の春は忙しかったの一言に尽きる。いろいろな役職で、出席せざるをえない会合が急増したのである。どんな組織でも、長となると一般の役員の数倍の会合参加がをよぎなくされる。今までと異なる行事予定に当惑することが多かった。

例年だと、カミさんと小さな旅を楽しむのに、日程が調整できないでいたら、カミさんが膝痛になり、出かけることは見合せとなってしまった。ここ十年ほどで初めてのことである。天候・政治・経済も順調にいかないのは、今年の我が家に「右へならえ」をしているのかと思えてしまう。いや、その反対なのかもしれない。

やはり、こういう閉塞《へいそく》状態は、なんとか打破しなければいけない。私は、この忙しさに早く慣れなければいけない。カミさんは医者通いして膝の治療を続けているが、早く治ってほしい。この夏には通常に戻り、春の分と合わせて長めの休みをとって、どこかへのんびりと出かけたいものである。

今年の私の春は、天候や桜と同様にスッキリしなかった。さあ、夏に向かうとするか。

日本の主体性

沖縄の基地問題

普天間基地の問題は、防衛に関することとして論じられている。戦後、「戦争放棄」の憲法が施行されたが、朝鮮戦争時にマッカーサーの指示により警察予備隊を設置。その後、それを発展させた自衛隊へとなっていった。これについて、反対者が違憲を主張し、闘争をくり返したが、合法の判断で今も続いている。湾岸戦争以来、日本の自衛隊は同盟国への後方支援ということで、紛争現場で武力行使以外の活動を行うようになっている。

一方、アメリカの軍事施設を日本の各地に置いている。その七十五パーセントが沖縄にあり、いつも問題となるのである。政府の言い訳として、日本とアメリカは同盟国だから、有事の時にはアメリカは日本を守ってくれるということであった。しかし、最近の情報では、アメリカの海兵隊は、危険な状態にあるアメリカ軍の援助・救出が主たる任務という。日本を守るということにはなっていないという。

さらに「思いやり予算」ということで、日本にあるアメリカの軍事施設には、多額の資金を日本が援助しているのである。また日米の「地位協定」によって、アメリカの兵士が日本で犯罪を起こしても、日本の警察は直接関与できないといった前近代的な関係がまかり通っているのである。

先日、友人が「学校の先生は、生徒から普天間基地問題について質問されたら困るだろうね。どう答えるんだろう」と言った。私自身も子どものころから「日本の憲法は、世界に類のない平和憲法」という表現に、矛盾を感じていた。

歴史的な国際関係の問題は、何年かごとに積極的に見直していくという努力を惜しんではいけないと思う。

新興経済大国の台頭

日本の経済は、いっこうに上昇しない。アメリカの金融破綻で世界不況が発生して一年がたち、少しは改善される兆しが見えてきたと思われたのに。今度はギリシアの財政破綻が発覚、その余波がヨーロッパ全体、さらに世界に広がりそうなのである。また、メキシコ湾での原油流出も、今後いろいろな面で、経済的影響を及ぼしてきそうである。ほとほと日本は、国際動向に左右される存在であることを実感する。

日本は、貿易で利益を得ている国であることはいうまでもない。世界の好・不況により敏感に反応せざるをえないのである。かつての高度成長期には、国際的な圧力で、独占的な企業の成長を止められたり、貿易相手国に配慮し現地生産の推進をよぎなくされたりした。さらに安価な労働力を求めて、発展途上国での生産を拡大していった。その結果、日本での生産が激減するという空洞化現象が起きた。工場を誘致した発展途上国は、新興経済大国に発展し、いまや日本の競争相手として台頭しているのである。

新興経済大国の代表である韓国・中国・インドなどは、国家戦略として政治と経済が協力し合い、かつての日本の数倍の速さで成長している。また、国際的な進出にも力を入れており、日本企業の脅威となっている。

日本の技術は、世界の先端をいくものが多いが、国内の企業間での競争に追われ、必要機能以外の付加価値をつける戦略にしのぎをけずっている。そうすることによって価格の維持、アップを狙っているのだろうが、貿易相手国は、日本と同じような先進国だけではない。発展途上国では高度な機能よりも、低価格の製品を求めているのである。新興経済大国は、そこに目をつけ活動している。かつての日本もそうであったように。

国際競争においては、さまざまな場に応じた対策が求められているのである。

グローバル時代の教育

日本の教育も、かつては世界のトップクラスの成果を示していた。しかし、最近は低レベルの状態に落ち込んでしまっている。

このほど「ゆとり教育」の見直しということで、教育内容が変更されることになった。授業時間数を増加し、取り扱われる授業内容も拡大するという。

子どもの学力向上は、将来の日本にかかわる根幹的問題であることは事実である。低学力では今後の日本の発展はのぞめない。

「ゆとり教育」も、授業についてこれない生徒の増加、また、それに伴うと思われた校内暴力などの社会現象への対策としてのものであった。それはまた、子どもたちの主体性を育み、尊重しようというものでもあった。だがそれは、世界との学力比較において、呆然とするような結果を招いてしまったのである。

本来、主体性とは個人および団体が自主的に認識し、行動し、評価することであるが、多数の者が集合する中にあっては、自分だけのこととして主張したり、満足することは困難になっている。つまり、グローバル化された現在は、地球規模の観点に立ち、物事を考え、論じていかなければならない時代なのである。

政治、経済、教育問題のいずれにおいても、関係する相手国、競争する企業、比較する人々が存在するのだ。それらを踏まえて、日本はどう対処していくべきかを考えなければならない。それだけ世界との結びつきが強くなっているのだ。

私たちの先達《せんだつ》も、良かれと思う方法を選択し続けてきて現在があるのである。現在の方向性の是非は、数年後、数十年後の評価に委ねられるものだと思う。

何事も、場当たり的に対処するのではなく、つねに今後の状態を考えた行動をしていかなければならない。そうすることにより、主体的な判断、主体的な行動がとれるのだと考える。

旧友たちとの再会

ライブハウスに集合

四月のこと、高校時代の友人Aから電話があった。

「お前のクラスの連中が中心となって食事会をしている。俺も一度呼ばれたが、吉田がいないのはおかしい。俺がお前と一番親しかったようだから連絡してくれと頼まれた。次の土曜日、空いているか?」とのこと。

「何とかするよ」

「じゃあ、五時ごろ迎えに行くよ」

私の通った高校は、港区にある私立の男子校で、今でいう進学校であったようだ。墨田区から通う者は、私のほかはいなかった。私には、いろいろな区や神奈川県から通う多くの友人ができた。

友人関係で一番驚いたのは、「どこかに遊びに行こう」という時、「家に来て、親といっしょに食事をしてくれないか」と、数人から言われたことだ。息子が付き合う友人を親が品定めをする。「ＯＫ」と嬉しそうに言う友人の言葉に、「合格か。そういうものか」と、それぞれの地域・家庭に文化の違いがあることがわかった。

四月の集合場所は、銀座にあるライブハウス。オールディーズのバンドが入っている。高校時代は、ジャズ喫茶全盛で、私たちもいろいろなところで楽しんだものだ。参加者は六人。それにＢが前回の集りで、六本木でナンパしたという二人の女性（五十歳前後）が加わった。二時間ほどであったろうか、話し、飲み、踊りといった具合であった。

皆、青春時代の思い出に浸る年齢となってきたのか。私にとっては、ムードのある音楽がよいと感じられた。その後、カラオケボックスで、やはり話し、歌い、飲んだ。

帰りの車で「俺はこういうの好きだな。ストレスの発散になる」と、Ａが心から喜んでいた。そういえば、五年ほど前、Ａがぶらっと私のところを訪れ、

「参ったよ。うちの奴（Ａより十歳年下の奥さん）が難病にかかってさ、休日には二人でよく出かけていたんだけど、今はできないんだよ」と話したことを思い出した。

バーチャル・ゴルフ

この旧友たちが集り出したのは、八年前の同期会がきっかけだった。ある日、中心的幹事となった奴から電話が入った。「君たちのクラスの幹事になってくれないか」と。

「俺は忙しくてだめだ。Bならきっと引き受けてくれるよ。それから、あのクラスはA。あのクラスはCだな」とアドバイスをしていた。

その同期会には、約半数ほどの同級生と先生方も多数集った。残念ながら、わがクラスの担任は他界されていた。その時「今度ゴルフをやろうよ」と、ゴルフ好きの連中が六人くらいで、翌月の日程を決め出した。「吉田もやろうよ」という誘いに、「俺はもう二十年もやっていないし、時間がとれないよ」と答えていた。そのゴルフの会が、他のクラスの奴、また、それぞれの友人たちへと輪を広げていったようだ。

七月の集りは、そのゴルフ仲間たちの計画で、新橋にあるバーチャル映像でゴルフを楽しむ場所である。実際にクラブでボールを画面のグリーンに向けて打つのである。そしてグリーン上でのパットでは、風向きや傾斜の表示もでる。私も三十年ぶりにクラブを握る。当時の器具とは、素材・大きさなどが大いに異なっている。ほとんどの者が、こういうゲームは初めてで、二人だけいた経験者がアドバイスをする。四ホールほどの遊びであったが、なかなか難しい。パーを連続する上手な奴もいたが、大学時代にゴルフ部に所属していた奴でさえ、フックボールでOBを連発していた。けっこう面白いゲームだと思う。

私はというと、ぜんぜん飛ばない。スイートスポットにまったく当たらず、パターの感覚もわからない。二ホールほどダブルパーでゲームアウトとなった。その後は、他の奴に代わってもらった。

こんな遊びをワイワイガヤガヤできる仲間がいることが楽しく嬉しいと思った。語り、飲み、ゴルフに興じるという三時間ほどが、あっという間に過ぎた。

旧友たちのプロフィール

ここで旧友たちのことを紹介したい。

A、父親と兄が中心となり、台東区で経営していた会社の専務をしている。「俺の会社はこだ」と、私を車で送ってくれた時、中央区に移転した今の会社を案内してくれた。けっこう大きなビルが二つあった。

B、高校から歩いて十分ほどの所に彼の家があった。周辺には外国人も多く住み、よく女の子たちを家に招いていた。「どうやって誘うんだ」と聞くと、「ウイル ユー カム ツー マイ ハウスだ」と答えた。彼のナンパした女性たちも、今回のカラオケタイムに現れた。

C、明治ごろからの建物ではないかと思われる純日本的な家に住んでいた。父親が人を多く使う仕事をしていて、長期休暇の時は、バイトを斡旋《あっせん》してもらった。そのおかげで、皆で遊びに出かけられたのだ。現在、彼は息子といっしょに父親の仕事を受け継いでいる。

D、今日の集りに合わせ、このようなバーチャル・ゴルフに何度か行ったという。負けず嫌いの性格がいまだに健在なのだ。半官半民の会社に就職した。ゴルフは上手であった。また、ゴルフ仲間に入るという友人を連れてきていた。

E、いつも穏やかで優しい奴。八年前の同期会にも来ていなかったから、四十五年ぶりの再会だった。「Jの奴が吉田の本を読み終えたら俺にくれると言ったのに、それきりなんだ。吉田に文章を書く才能があったのかな」と言う。「あったんだろうと言うしかない。まだ、残部があるから送るよ」と約束する。

F、大学卒業後、大手自動車会社に勤めた。定年を機に、その会社の社員研修の任に当っているという。コンサルティングである。「明日も青森に行かなければならない」と言う。ゴルフもカラオケも相当上手な奴である。

G、大学で建築学を勉強して、大手建設会社の設計部に就職した。定年退職後、友人たちと設計事務所を運営している。「いま、墨田区内の開発プロジェクトもしているよ」と言う。ゴルフも歌も上手であった。

H、高校生当時、アイビールックというアメリカの大学で流行した服装があった。彼は欧州スタイルの「コンチネンタルだ」と、一人だけ「我が道を行く」という奴だった。八年前に会った時に、再婚したと聞いていたが、その奥さんとの間に、やっと子宝に恵まれたという。私が「八月に初孫ができる」と言うと、「うちは九月だ」と応じた。

I、（彼は来れなかったので電話で）「おい、元気か？」「吉田君か」とトーンが上った。グリークラブに所属していて「ペギー葉山の『学生時代』すごくいいんだ。教えるから君も覚えなよ」と、駅まで歩く十分間、くり返し練習させられた。外国系のホテル学校に進学。後に航空会社に就職。世界をかけ回った。「お前、年金だいじょうぶか？」と聞くと、「それが大変なんだよ」と答えた。

かけがえのない仲間

この下書き原稿をカミさんに見せる。「なにか友達自慢という感じね」と答える。「彼らの当時の負の面もいろいろと書こうと思えば書けるけど、それはできないし、一人一人の紹介の行数の制限もある。やはり、今の存在そのままが素敵なんだよ。結局、皆努力してここまできたんだと思うよ」と応じる。

卒業後四十五年の歳月が流れたが、会えば皆、当時と同様の笑顔で会話がはずむ。よく遊び、よく学んだ仲間である。それぞれ苦労を乗り越えて元気に活動できることに、感謝・乾杯である。年に何度か、このような会を続けていくという。私も、できる限り参加することを約束し、皆と握手し解散となった。車で送ってくれたAが「今日もスッキリした」と、満足そうであった。

映画の製作に協力する

映画「武士の家計簿」

一年ほど前になる。現在上映されている松竹映画「武士の家計簿」の制作担当助監督から電話連絡が入り、そろばんについての質問を受けた。数日して三名の助監督が来訪。江戸末期に使用されていた算盤《そろばん》、当時の算法、さらに和算書『塵劫記《じんこうき》』の内容などを解説した。

さて、この「武士の家計簿」のことである。この原作は、歴史学者の磯田道史《みちふみ》氏が平成十五年に新潮新書から出版したものである。磯田氏は武士の生活などをいろいろな角度から調査していたが、なかなかよい資料が見つからないでいた。ある時、古書店から売りに出た加賀藩御算用者、いわゆる「そろばん侍」であった猪山《いのやま》家の「入払帳」つまり家計簿を入手。それを元に、「加賀百万石の算盤係」「猪山家の経済状態」「武士の子ども時代」「葬儀・結婚そして幕末の動乱へ」「文明開化のなかの士族」「猪山家の経済的選択」という章の構成で、一般的な武家の生活をいきいきと描いている。猪山家の日記・書簡等もとり入れ、興味深い書となっている。

私のところには、助監督の一人が、その後四回ほどビデオカメラをもって訪れた。『塵劫記』

にある問題を「ここの計算を実際にしてほしい」とカメラを回した。それから、「なにか面白い問題はないか」と質問する。

その後、主演の堺雅人さんに「そろばんを教えてもらいたい」ということで、指定された会場で相対し、初歩指導をした。いっしょに写真を撮ることやサインを求めることはできなかったが、着物に着替えた堺さんは、博識、頭脳明断で、とても魅力的な俳優さんであった。

思いもかけずに映画の制作を垣間見ることとなったが、助監督の働きが重要なことがよくわかった。いろいろと取材をし、シナリオを作り上げていく。それを会議にかけ、取捨選択していくようである。撮影は京都で行なうということであった。

カミさんとロードショーへ

夏の試写会に招待された。エンディングのスタッフ紹介の中に、「算盤考証」として私の名があった。嬉しいことである。ロードショーとして映画館で上映されるのは、十二月四日からで、松竹のお正月映画となった。監督は森田芳光氏だが、会うことはなかった。

十二月五日、時間があったのでカミさんと映画館に行く。どちらかが五十歳を越えると夫婦二人で二千円で観られる。カミさんとは年に一、二度、映画観賞をする。彼女が欠かさないのは、「スタジオジブリ」作品と「ハリー・ポッター」だ。

チケット売り場で、「混んでいますから、三十分前ぐらいからお並びください」と言われる。良い席が取りたいから忠告に従う。前宣伝も多かったからか、多才な役者が出演しているからか、盛況である。多くの人が列に並んだ。

内容は、勘定方《かんじょうがた》で働く武士が主人公で、後に殿様の祐筆《ゆうひつ》も務める。父親も同じ職場で働く。祖母は常に『塵劫記』をひもとく数学好き。父子二人が俸禄《ほうろく》をもらうのだから裕福な家と思われるが、実は代々の借金がかさんでいる。その返済にあたっては、借金の四割を家族の道具などを売り払って当てる。残りは借り入れ先に無利息を要求し、十年で完済する。息子はいろいろと葛藤《かっとう》したが、親から指導された計算技能が大いに役立ち、明治になると海軍の要職につく。

祖母のおばば様が曾孫《ひまご》に「鶴と亀が合わせて百匹、脚は二百八十四ある。鶴と亀はそれぞれいくついるか」とたずねる。曾孫は数日して答える。

「百匹とも鶴とすると脚は二百、二百八十四ひく二百は八十四。八十四を二で割り四十二、これが亀。百ひく四十二、五十八が鶴となります」

そろばんを印刷した筒に入ったパンフレットを八百円で入手した。映画のエンディングロールに私の名があったから、これにもと思ったからだ。本当に小さな文字であるが、キャスト・スタッフの項に私の名もあった。

平成二十三年（二〇一一年）

パスワーク

一月に行われたサッカーのアジアカップのことである。予選リーグから日本チームの戦いぶりが、今までのものとは全然違うという雰囲気が見てとれた。パス回しのスピードが数段アップしていて、受けたボールを一度も止めずにさらにパスしていく。その精度の高さは、かつての日本のサッカーにはなかったことである。たとえ負けていたり、劣勢が続いていたりしても、このパスワークが続いていれば、いずれチャンスが生まれる。そんな気を起こさせる試合が大会を通して行われていた。

今回の日本チームは、若手中心。若い選手といっても、ヨーロッパを中心に活躍する選手も複数いた。そのような優秀な選手たちも華やかな個人プレーではなく、絶好のチャンスまでじっくりと攻めていくというスタイルを続けた。試合の終盤まで落ちないスピード、さらに判断力の素晴らしさが伝わってきた。優勝したから言えるのかもしれないが、これで負けるなら納得がいく、そんな試合の連続だった。

私がサッカーをしていたのは中学生の時。当時はサッカーの認知度はきわめて低く、「足でボールを蹴って、相手ゴールに入れるスポーツ」と解説しなければならないほどであった。墨田区内には、私の通学する中学校にしかサッカー部がなく、試合は常に地区予選なしで、いきなり都大会であった。今では、誰もが知るメジャーなスポーツになったことに隔世《かくせい》の感がする。

アジアのサッカーも実力をつけてきたが、世界のランクではまだまだ下位の国々である。トップに位置するヨーロッパや南米の国々にも、今回のような日本のパスワークのサッカーが通用するのか、今後が楽しみなことである。さらに、スピードのあるパス、ドリブルを磨き上げ、世界に誇れるサッカースタイルを創り上げてほしいものである。

このようなパスワークの大切さ、ほかの分野にも応用したいものである。

東日本大震災と私

通じない電話

三月十一日午後一時から、私の所属する会の総会が、都庁舎の五階ホールで行われていた。その後の研修会の講演中に地震が発生した。舞台の照明器具、音響の効果板などが大きく揺れる。約五百名の参集者が騒ぎ始める。「こんな大きな地震は初めてだ」などの声が聞こえる。「これは震度5だ」と私は判断した。多少揺れが静まったところ、会の中止が決定。エレベーターが止まってしまったため、二ヵ所の非常階段に分かれての避難ということになるが、さらに別の会議がある五十名ほどは残る。その中に私もいた。

急いで次の会議の議事進行をしていたところ、再度、前回同様の大きな揺れがあった。会議をさらに急ぎ終了となる。四時少し前、非常階段で一階に下りる。携帯電話を忘れてきたので、公衆電話をさがす。皆、携帯電話で番号を確認しながら電話をかけているが、なかなかつながらないらしい。十分くらい待っただろうか、私の番となった。私の後には十人ほどが列をつくっていた。自宅の電話番号をプッシュしたが、「プープー」という音しか聞こえない。六回ほどかけ直したが通じず、地下の大江戸線の改札口に向かう。

そう多くはなかったが、改札口周辺には、駅員が提供したパイプ椅子に座っている人、通路に座り込んでいる人たちがいる。すぐそばにメトロの案内窓口があったので「公衆電話は近くにありますか」と聞く。改札口のすぐ脇にあり、五～六人が並んでいる。順番を待つが、先ほどと同じくつながらない。「これでは仕方ない」と思い、地下街にある別の公衆電話をさがし歩く。すぐ近くに見つかったが、やはり「プープー」と鳴り続けるだけで通じない。

駅員がスピーカーで「まだ運転再開のメドが立ちません」と続けるばかり。家のことが心配ではあるが、家に連絡がとれるまで、この辺りで待つことに決める。

人の列に従って歩く

いったん外に出て喫煙場所をさがす。とにかく一服し一休みである。若者たちが集っている。すぐそばの高層ビルの中がガラス越しに見え、人々が話し合ったり、携帯電話をかけている。灰皿のそばにいた人たちの話しである。

「急にふらついたから、脳に異常が起きたのかなと思った」

「地下にいて、こんなに揺れるなんて思わなかった。すごかったですよ」

「何かに触れていないと立っていられなかった」

「机の下に入ろうと思ったけど、うまく入れなかった」等々。

通りを見ても、タクシーも拾えそうになかった。

五時過ぎになり、地下鉄の構内放送で、都営バスが運行を始めたことを知る。再び改札口脇の公衆電話に並ぶ。初めて呼び出し音が鳴り、カミさんが出る。「大丈夫だったか」「はい、こちらは大丈夫です。あなたは?」カミさんは、すぐ泣き声になる。お互い無事なことが確認でき、仕事の用件を済ませる。案内窓口でバスの情報を聞き、新宿駅に向かう。バスターミナルに着くが長蛇の列、どこが列の最終かわからない。

五時半少し前、「七時ごろまでは明るい」、そう判断し歩き出す。伊勢丹デパート辺りから地上に出、市ヶ谷方面に歩く。人の渦である。新宿方面に向かう人の列の方が多いが、市ヶ谷方面に向かう人も多い。その列に従いどんどん歩くだけ。歩道にある街路樹が邪魔である。市ヶ谷方面に向かう列が、その街路樹側となっていた。真っすぐに歩けず、小刻みに止まったりして速度が一定しない。飯田橋に近づいた辺りで、脚がつりそうになる。気をつけながら車道を歩くことにする。車は渋滞していた。タクシーが来たらと思うが、空車はこない。水道橋辺りでホテルを見つけ空室があればと思い、その前で一服する。その小休止がよかったのか、脚の感覚がよくなった。しかし、人の列がいっこうに変わらない。これが非常時なのだと思った。

夜十時に帰り着く

とりあえず上野までは歩こう。まだ明るさも残っている。停電になっていないことが心強かった。秋葉原を過ぎ、上野松坂屋前辺りにバス三台が見える。行き先に「南千住」の文字が見えた。「汐入公園」経由となっているから「これだ」と思い、列に並び飛び込む。汐入公園まで行けば、そこから歩いて二十分ほどで帰れる。

バスは始発だったから乗れたが、その先のバス停では、ほとんどが通過状態であった。長い行列でバスを待つ人たちが多くいた。道路の渋滞で二時間ほどかかったが、三十分ほどは坐れた。脚の疲れもとれ、寒くもなく快適さを感じた。バスの中では、

「これから松戸まで帰りたいんだけど、どうしようか」

「浅草寿町で乗り換えなさいよ。金町行きのバスが出ているから。金町からなら歩いて帰れるでしょう」

「ありがとうございます」

等々、いろいろな情報交換が行われていた。皆無事に帰れたんだろうと思う。

汐入公園前で降り、水神大橋を渡り、家に着いたのは十時少し前であった。カミさんが泣き声で「お帰りなさい。よかった。ここも怖かったのよ」と迎えた。それからテレビの情報に見入った。

翌朝、都庁での会合でいっしょで、先に帰った二人の友人から電話があった。六人中三人が墨田区まで歩いたそうで、約四時間かかり、七時ごろに家に着いたという。途中でタクシーに乗った三人は、私同様十時ごろの帰宅になったという。中学生時代、千駄ヶ谷で力道山のプロレスをみて、二時間かけて走って家に帰った経験が生きたかなという思いがした。その時も途中、脚がつりそうになると歩いたりした。歩けることの有難さを改めて感じた。

その後、区役所から連絡が入り、高齢者の安否確認を、町会役員の方たちと行った。私の住む町は、被害が少なくてよかった。

一人一人で工夫を

次から次へと震災、福島の原発事故の被害情報が続く。国会では内閣不信任案が提出され、与党である民主党の分裂騒ぎがあった。

日本国民の誰もが、与野党協力して、より充実した復興政策、さらに原発事故のいち早い収拾を政治に求めているのだ。しかし、首相の進退抗争と化してしまった国会。野党党首は「首相が交代しさえすれば、全面的に協力する」と言い、与党内にも同調する者がいた。近々の首相交代という条件付きで不信任案が否決されるという決着であった。

日本では、この大震災で影が薄くなった世界情勢に目を向けてみよう。北アフリカ・中東諸国で、独裁色の強い国々での反政府運動が相ついでいた。その発端は、インターネット情報による呼びかけで、反政府集会が続発し、政権交代する国もあった。それらの国々では、若者層の人口が多く、就労問題や経済格差、そして自由への不満が要因であったようだ。しかし、たとえ政権交代が実現しても、民主国家・安定国家への道は遠く、容易なものではない。この情況がアジア諸国にも広がっていくという予測もある。地球上では、あらゆる国々や地域が発展途上なのである。

日本政府には、できることへの最大限の対応を希望する。

一方、民間企業では、不足する夏の電力供給に備え、就業日や終業時間への対策に積極的に取り組み出している。

従来より日本人の特長として「工夫を得意とする民族」という評価がある。このことを信じていくしかないと思うのである。国に過度な期待を寄せるより、一人一人のいろいろな工夫が、日本を救う道であることを意識しなければならない。

日本の復興力

生活や政策の見直し

日本の経済は、バブル崩壊後、新興国にあらゆる面で追い上げられてきた。長いトンネルが二十年も続いているのだ。少し不謹慎のようではあるが、この大震災が日本経済にとってのカンフル剤になったようにも思われる。つまり、一瞬にして町ごと押し流してしまった津波という自然災害と、多くの避難民を出してしまった原子力発電事故という人工的要素の強い災害。それぞれの被害は、いつでも自分自身にも起り得るということを再認識させてくれるとともに、この困難を乗り越えなければならないという覚悟を教えてくれていると思われる。

震災直後、「原子力発電は、考え直さなければ」と言う私に、ある友人が「多くの奴らは、すぐに平和主義者ぶって、そう言う。もし、電力供給が十分でなくなったら、日本の経済は成り立たなくなるんだ」と言葉を荒げて語った。

そもそも議論というものは、能動的な考えと受動的な考えに分かれるのだ。つまり「する側とされる側」の論理である。私の考えは変化・工夫を求めるもので、友人の考えは現実的な視点での主張であった。この会話は三月末のことであった。

その後、計画停電等の節電対策がとられた。無ければ無いで、何とか工夫していくしかないのである。私は所属する会の会議のために、月に一度は都庁へ行く。地下鉄の駅からのエスカレーターは止まっており、歩いて第一庁舎の一階ロビーへ行く。それから階段で二階へ、さらに第二庁舎への通路を通りエレベーターへ。このエレベーターも半分ほどしか可動していない。ボタンを押し、トイレに行って来ても、まだ来ていない。来ても満員状態である。十階の会議室に着くまでに相当の時間を要する。結局、ここ数ヵ月、家からの出発時間を二十分ほど早めている。

人も国も、余程の外的要因がなければ、生活や政策の見直しをしないのが常なのであろう。

技術革新への期待

民間企業では、操業日や時間の変更で、限られた電力供給内での対応策を講じている。各家庭でも、電力消費量の削減に協力している。我が家では、必要のない電灯は極力つけないし、クーラーも扇風機使用に代えている。電車に乗っても、天井の電球は削減してあり、昼間は消灯されている。これらをみても、今までの私たちの生活は、いかに贅沢な状態で行われていたかがわかる。

さて、復興のことである。津波被災地区は過去の歴史からみて、津波が到達しない地域に新しい居住区をつくるか、あるいは津波被害に合わない対策を徹底しながら町づくりをしていかなければならない。被災のあった土地には、太陽光や風力などの自然エネルギーによる発電所を設置し、農業・漁業中心の地とすべきである。それは、大きな雇用を生み出すものでなければならない。仕事が近くに確保できなければ、どんな町づくりをしても継続性が保てない。

次に原子力発電の問題である。これは電力供給量だけの問題ではない。世代を越えた子孫への影響である。放射能の被曝《ひばく》がＤＮＡを介してどのように人間に影響をもたらすのか。福島原発事故の本当の被害は、数十年後にしか評価できないのかもしれない。原子力発電の安全性をより高める技術や、代替エネルギーの台頭への期待がふくらむ。このような技術革新は日本の得意分野とされているのだから。

太陽光発電については、日本企業のソーラシステムが群をぬいていた。しかし、ここ数年、ドイツや中国などが先進国となっている。エネルギーの問題には国策が大きな影響を与えるようである。

太陽光発電はもとより、風力発電、蓄電池、節電などの技術革新は、日本のお家芸として維持発展してほしい。

就任から十日たらずで、特設の復興相の辞任劇があった。中央と地方行政が一致協力して復興対策に当たることを期待してやまない。

一日二万歩

小石川後楽園のカワセミ

今年の夏は、一週間ほど涼しい日があったが、おおむね猛暑の日々が続いた。電力不足により節電が必要とされるなか、ニュースでは熱中症への注意が毎日のように報じられていた。カミさんは、水に浸し首に巻いて暑さをしのぐネッククーラーを買い、「これいいわよ。あなたも必要なら買ってくるわよ」と言う。もちろん頼む。

八月初めまで予定がつかず、夏休み恒例の旅行を決めかねていた。いくつかの候補はあったが、お盆休みのこと、すべて予約がとれない。計画変更で、都内の庭園めぐりをしようということになった。近場で汗をかくのもよい。そしてシャワーを浴び、冷房の効いた部屋でゆっくり休む。都内の二つのホテルに予約ができた。夏は気分転換が必要なのだ。

初日、まずは小石川後楽園へ。二人おそろいのブルーのストライプのネッククーラーをして、木陰を求めての庭園散策である。ほぼ一周してベンチで休んでいると、池に向かい三脚を立て、カメラをセッティングする私より少し年上と思われる方がいた。池の周りを見ると、四、五人がやはり三脚を立てカメラで何かを狙っている。

「何を撮っているんですか」と声をかける。

「カワセミです。あの岩かげに隠れているんですが、そのうち姿を現すんです。見てみますか」と、デジタルカメラで今までの作品を次から次へと再現、説明してくれる。

「ここに生息しているんですよ。去年は四羽のヒナがかえってね、これがそのうちの三羽です。羽を広げたもっときれいな姿を撮りたくて。あの方たちも同じです」

「どのくらいの時間をかけるんですか」

「開園から閉園までですよ」

私たちも二十分ほどカワセミの出現を待ったが、姿を見ることはできなかった。このまま観察してもよいとも思ったが、次の予定もあるので、次回の楽しみということにした。

ガイド付き庭園めぐり

少し歩けば文京シビックホールがある。ここには年に一、二度行くが、カミさんは初めてだし、最上階の展望台には私も行ったことがないので、上がってみた。クーラーがよく効いていて景色も素晴らしい。若い父親が女の子と男の子を連れている。カウンター形式の回廊で、窓ガラスの上部が外側に出ている。真下もよく見えるのである。二人の子どもは、その窓ガラスに手をついて父親から周辺の地理や道路の信号、車の進行について教わっている。私としては身のすくむ思いであった。

次に駒込の六義園《りくぎえん》へ。受付で「旧古河庭園との割引共通券がありますが」と言われる。もちろんその予定である。この六義園も先の後楽園もだいぶ以前に訪れていたが、まったくかつての記憶と一致しない。初めての訪問という感じで、新鮮な気持ちでの散策であった。

昼食後、西ヶ原にある旧古河庭園へ。入口のところで、庭園案内のボランティアの女性が私たちを誘ってくれた。参加者は、若いカップルと私たちの二組、四人であった。建物と植物、さらに庭園の特長を約一時間かけて案内していただいた。偶然であったが、ガイド付き庭園めぐりもよいものである。

だいぶ汗もかいたし、少し早めに宿に入りシャワーを浴びたい。しかし、目標の二万歩には、もう少し歩かないといけない。電車で白金辺りに行き、散歩しながらホテルへという計画である。白金に住むセレブを「シロガネーゼ」というらしい。私の住む鐘ヶ淵辺りの者を「カネガネーゼ」と言った人がいたが、言いえて妙である。

夕暮れ時に再び散歩に出て、デパ地下でおいしそうなカロリー少なめな弁当と飲み物を買い込む。快適なホテルの部屋での夕食となった。せっかくほどよい運動をしても、カロリーの取り過ぎはよくない。食事に際しても健康のことを考えてしまう今日このごろである。

パワースポットめぐり

二日目は神宮外苑へ。まず、その近くの寺にあるカミさんの祖先の墓参りをする。それから絵画館へ。明治天皇の行幸を描いた絵画が展示されている。著名な画家による作品も多くあった。絵画館からは有名な銀杏《いちょう》並木が見える。そこまで散歩する。「ヒマヤラ杉みたいな三角形の銀杏には、相当の手入れが必要なんだろうな」というような会話をしながら、「今度はクリスマスごろに来てみるか」ということになった。

次に明治神宮へ。かつて玉砂利で歩きづらい印象が残っていたが、そんなことはなかった。参拝者・散歩者は、ほとんどが外国人で、いろいろな国の言葉が飛びかっていた。最近みたテレビでは「清正の井戸」がパワースポットで、いつも混雑しているということであった。今日はお盆、人影も少なく楽々と目的の場所に着く。これでパワーがいただけたのか。

パワースポットといえば等々力渓谷《とどろきけいこく》もある。電車を乗りつぎ、行ってみる。ここは混雑していた。二つのパワースポットのご利益はあるのか。ホテルに着いた時は、二万歩をだいぶ越えていたが、そう疲れは感じていなかった。

三日目、東京駅から皇居大手門へ。東御苑《ひがしぎょえん》の散策である。まず三の丸尚蔵館で絵画を観賞する。ここは冷房が効いて快適だったが、その後は木陰がなく、大汗をかきながら江戸城本丸跡へ。かつての江戸城の大きさに驚く。

最寄り駅の近くのコーヒーショップのトイレでシャツを着替える。昼食をとり、いったん我が家へ。孫を連れ、父の墓参りをする。それからシャワーを浴び一休み。

夕方から汐留へ。ミュージカルの「マンマミーア」のチケットを入手していたのだ。公演の最後で、私たちの前の席の観客たちが総立ちになり、身体を揺する者もいる。私たちも立たないと何が舞台で行われているのかわからない。フィナーレの踊りとカーテンコールである。一日二万歩の三日間が終わった。

平成二十四年（二〇一二年）

経済・財政再建への一歩

消費税アップへの動き

平成二十三年は、東日本大震災と福島原発事故により、「いつ、わが身に」という心配事の絶えない一年だった。その要因には、政府の対応の遅さ、情報の不明確さがあったと思われる。そのため、先の見通しが立たないのである。

そういう状勢の下、菅内閣の退陣。新たに野田政権となっても、相変わらずの閣僚の暴言による辞任、この国はいったいどうなっているのだろう。いつになってもリーダーが定まらない。さらに野田政権樹立早々、海外折衝《せっしょう》において、数年後までに消費税率を十パーセントに上げると公約する。国会での討論なしに引き上げ時期、税率までを確定してしまう。つまり、国民に説明する前に外国と約束してしまったのである。「なんとまあ」という驚きだけである。

日本には千兆円を超える財政赤字がある。今までのどの政権担当者も、財政再建を旗印に発足するものの、結果としては赤字国債を連発してきた。いつになったら、いわゆる健全財政といえる国家運営が確立するのであろう。蓮舫《れんほう》議員で有名になった民主党の「事業仕分け」による無駄使いの指摘程度では、どうにもならないのである。財政赤字が縮小し続ける方策は立てられないのであろうか。

ギリシアなどにみるヨーロッパ諸国の財政危機を「対岸の火事」としてほしくないのである。国会議員さらに官僚組織には、目先のことだけを考えての増税でなく、十年、二十年先を見すえた本当の税制改革に着手してほしいものだ。

さて、私たち一般庶民は、このような行政の動きをみきわめ、家計という財政の健全化を図らなければならないのである。頭の痛くなるような問題をかかえながら新年が始まる。

維新の会旋風

昨年大阪では、前橋下府知事の率いる維新の会が旋風を巻き起こした。橋下氏は府知事を辞任し、市長選に出馬、当選した。長年にわたって大阪府と大阪市の双方がダブって担当していた業務等を一体化・簡素化し、現在の東京都と特別区の関係のようにする。つまり役割分担を明確にしようというのである。

大阪府（市）民の大半が、その構想に同意したのである。はたして大阪はどうなるのか、さらに、この波が新党派となって国政に波及していくのか。また、既成政党は立直ることができるのか、興味深いことの一つである。ただ、一万人以上の人員整理、つまりリストラを伴うという。もちろん、その対象となる人たちのその後を考慮した対策はとられることと思うが。

さて、現在の日本の最大の問題は、あいかわらず経済の低迷である。昨年末の段階で、大学卒の就職内定率が七割程度であった。つまり、三割程度が就職浪人になりかねないということである。この就職氷河期といわれる時代は、かつてもあった。しかし、それに輪をかけているのが、リストラされた人たちの就職難である。後者の構造は、バブル経済崩壊後二十年も続いているのだ。

憲法には「勤労の権利・義務」が明記されており、働く意欲のある者にとっての失業には、失業保険や生活保護等の救済が実施されている。長期にわたる経済低迷が、この救済費の急増をまねいているのだ。官民協力しての低迷打開策を講じなければならない。

これから本格的に始動する東日本大震災・福島原発事故の復興、さらに消費税の引き上げ等による増税が、経済成長および財政再建への大きな一歩となってほしいものだ。

首都直下型大地震？

まもなく東日本大震災から一年が過ぎる。その復興対策の目途が立たない中、この一月に東大地震研究所から「首都直下型大地震」の予報が発表された。マグニチュード7クラスの地震が、四年以内に七十パーセントの確率で首都圏で起こるというのだ。

ここ一年間、余震というのか、それとも別の地震の予兆なのか、関東近辺での地震が頻発している。また、別の情報では、関東の地盤が東側、つまり太平洋側に数十センチ以上も伸びているという。これは海底プレートの移動なのか、いずれその伸びが収縮することにつながり大地震が……。

関東大震災から約九十年がたつ。かつてはよく関東の地震の周期は六十年単位といわれてきた。それが最近では、百年単位、千年単位といった周期での大震災のことが問題となっている。

東海・南海地震における警報も出されて久しい。いつ何が起きても不思議でないのが日本列島なのである。その危ういところに私たちは生活しているのだ。

四年以内か、十年後か、二十年後か、それは起きてみなければわからない。しかし、かつてあったことは、いずれくり返し起こりうるということだ。かつては、予報の乏しい中の対応しかできなかったが、現在は多くの情報を得られる時代である。

私たちは「いざ」という時のことを常に考えておかなければいけない。ことに首都圏は、人口密集地帯である。大地震におそわれた際、速やかな救助は望めないと思われる。つまり、個人の災害時に対する準備こそが最も重要な対応策なのだ。

我が家も、その準備を見直す時なのである。「四年以内に七十パーセント」の予報が当たっても大丈夫なように。

ふと思ったこと

土地柄に会ったもの

先日、テレビを見ていると、中国のある街の風景が映し出された。狭い路地に赤い消防車があり、それを紹介している。日本の軽自動車よりも、もっと横幅が小さいものであった。

「そうだよな」と思い出した。かつて区の町づくりの調査に提案を書いた時のことだ。私の住む地域は、消防車が通れない狭い道が多く危険だとあり、道幅を拡幅したいが、それに賛成か、何か意見があれば記入せよといったものだった。そこで私は「狭い道にも入れる軽自動車なみの消防車を開発すべきだ」と記したと記憶する。だいぶ前のことである。

つい最近、私の区にも軽自動車の消防車があることを知った。私の意見が通ったのか、それとも別のルートでの開発なのかは定かではない。そばにいた消防士にたずねた。「この消防車は便利ですか？」と。「たくさんの機能は積め込めませんが、活躍していますよ」と答えた。

テレビの消防車は、さらに狭い路地にも入っていけそうであった。

その土地柄に合ったものを開発すること、それが大切であって、先にものがあって、それに合わせた生活を考えるのはおかしいのである。国の行政と地方行政のくい違いは、まさにこんなところにあるのだと思う。

次に映し出された町中の風景では、老夫婦が路上でバドミントンをしていた。子どもたちではなく、高齢者が路地で遊んでいるのだ。もちろん、夕方になればその通りには、子どもたちがあふれ出てくるに違いない。ちょっとした遊びであったのだろう、ご主人は仕事とかで自転車で出かけていった。「これ、いいな」という光景であった。

日本では、老人たちが路上でバドミントンをしている姿はみかけない。多くの老人は、施設のゲートボールやパークゴルフで身体を動かす、または公園などで健康のためのウォーキングをしている。身近な路上でのリフレッシュ方法、いろいろ考えても面白いのではないだろうか。

社会的事件への対策

最近、子どもへの虐待、高齢者の孤立死の問題が、毎日のようにニュースに流れる。

私の所属する会の会議でも、次のようなむなしい会話がよく聞かれる。

児童虐待などについて、「いろいろな防止策の講習会などを行っているが、そこに参加される方は、問題のない方ばかり。問題を抱えてそうな方の参加はない」

高齢者問題について、「もっと家族が中心に親への見守りをしなければいけない。行政ばかりに頼り過ぎている。子どもが親を無視しすぎている。一人暮らしの親には、毎日子どもから連絡をとり、安否を確認すべきだ」

どちらにも家族の崩壊という社会現象が垣間見える。

戦後、日本の社会は、大家族が当たり前だった時代から、夫婦とその子からなる核家族の多い社会へと変化したが、今は単身世帯が主流となりつつある。つまり、家族という言葉が消えかねないような社会になりつつあるのだ。

こういう現実を嘆いていても仕方ない。そういう社会に合った生活の在り方を模索していくしかない。過去のような生活には戻れないのである。新しい価値観の創出が必要なのだ。

さて、これからのニュース番組に必要なことは、何か事件が起こった場合は、悲惨さだけを伝えるのではなく、たとえば虐待事件を報道するのときは、「このような事件の相談窓口は、〇〇〇にあります。このようになる前に、ぜひご相談下さい」というふうに。また、孤立死のときは「自分もこのようになりかねないと感じたら、ぜひ〇〇〇にご相談下さい」と報じるべきだと考える。つまり、情報を受けとる視聴者に具体的な方策も伝えていく努力である。同じようなニュースが続くのはおかしいのである。なんとか早く連鎖をくい止めないと。

今年のゴールデンウィーク

近場で楽しむ

せっかくのゴールデンウィークなのに、ニュースでは、悲惨な交通事故を伝えていた。また、天候不順で関東地方にも大雨洪水警報が出た。例年のように山の遭難も続いた。さらに、竜巻が起こり、かつてない被害をもたらした。巨大竜巻はアメリカでのことと思いきや、日本でも起こりうることを知った。

昨年の大津波のことや、最近の首都直下型の大地震情報のことを併せ考えると、いつ自分の身にと思ってしまう。しかし、不安ばかりをつのらせ、精神の安定を欠いてしまうことが一番恐ろしい。「何か起きたら?」という時の対処法は、冷静に対応することを念頭において日々行動するしかないのだ。自分の意志ではどうにもならない自然災害について悩んでいても仕方ないのだ。

さて、私の今年のゴールデンウィークである。いくつかの行事も重なり、遠出は無理。時間があっても、この時期の旅行は、かつての経験から満足度は低い。そこで、近場で楽しむことにした。

一日目は、ある会合を済ませた後、カミさんと親類の病気見舞。そのあとは映画観賞である。カミさんの好きなアニメである。近くのコンビニでパンと飲み物を買い込み、映画館へ入ると、意外と空《す》いていた。映画の内容はともかく、ほどよい気分転換ができた。

孫といっしょに

二日目は、娘夫婦と孫、カミさんと私の五人で東武動物公園に行った。ここも思いのほか混雑は感じなかった。一歳八ヵ月の孫に思いきり遊ばせたかったし、また、動物たちにどんな反応をするのか、見てみたかったのだ。

もう手をつないで歩けるから、いっしょの行動も楽である。孫がヤギにエサを与える場面。干し草を手にして与えようとするが、ヤギが柵《さく》から口を出すと、手のエサを私やカミさんに渡してしまう。娘が「この子は、恐がりのようなの」と言う。いやいや私は「慎重派」なのだと思う。表現一つで大きく変わるのだ。

孫は電車が大好き。行きは窓にはりつき、すれ違う電車や駅に止まっている電車を見つけると、「ゴウ、ゴウ」と汽車ポッポのポーズをとり喜んでいた。帰りは疲れたのであろう、ベビーカーでぐっすりと寝てしまった。五時間ほどのピクニックであった。曇り空で助かった。

ゆりかもめとディナークルーズ

三日目は快晴の良い天気。まずは私一人で区からのプレゼントである「スカイツリー見学」である。その前の二日間は雨で、特別招待された小・中学生たちは、雲しか見えなかったという。今日の見晴らしは最高であった。荒川と隅田川に挟まれた墨田区。家々が密集して建つ町。「私たちは、こういう所に住んでいるのだ」と実感できる。東京湾も一望、房総半島もくっきり、雪をかぶった富士山も見えた。スカイツリーに昇るには、やはり晴れた日にかぎる。

さて、その後カミさんと合流。東京湾のディナークルーズを予約していたのだ。出航時間まで、まだだいぶ間がある。いろいろな店でウインドーショッピングしたあと、新橋に出て喫茶店でお茶を飲みながら休憩する。しかし、まだ一時間余りの余裕がある。ふと「お台場までは何度か行ったことがあるが、その先は一度も行ったことがない。ゆりかもめの終点まで行ってみるか」と思いついた。

新橋駅で、ゆりかもめの終点が豊洲駅であることを知り、乗車する。ゆりかもめはモノレール、空中を走るのである。台場駅までは見たことのある景色だが、その先は未体験。変わった建物が続々目に入る。これが東京ビックサイトか。テニスのイベントが開かれる有明コロシアム。市場駅の周りは、何か工事中。もしかしたら築地市場の移転先か。知らなかった、まさに未来都市という感じがした。

そして、本日のメインイベント、ディナークルーズである。食事中に、数日前にライトアップされたゲートブリッジが浮かび上がる。デッキに出て記念撮影。こうして今年のゴールデンウィークは過ぎていった。

どん底から

消費税をめぐって

「長い目でみた消費税率のアップ」「選挙時のマニュフェストを守るため」、このような理由で民主党の離党騒ぎがあった。

昨年の十月ごろであったろうか、インターネットによるニュースが、ある国際会議で「日本は二〇一五年までに消費税を上げるという発表をした」と伝えた。その目的は何であるかはわからないが、国際的にみても重要な決断であったのであろう。

同じころ、当申告会会長の代理で、東青連の消費税に関する会議に出席した。「社会情勢上仕方のないこと」という雰囲気の中、私は反論していた。「申告会としては、会員のためなら圧力団体としての行動をとるべきで、反対するのが筋ではないか。全面的反対が無理ならば、せめて消費税課税対象を一千万円から、二千万円にという要求はできないか」と。結局、それは通らなかった。

この消費税アップの法案については、今後、経済弱者に対する措置や、食料品等の生活必需品への税率の検討がなされるようである。これらは当然のことと考えるが、消費税の使い道、さらに将来への展望も同時に国民に説明してほしいものだ。日本の政治は、いつになったら十年先、二十年先を見すえた政策が出せるようになるのであろうか。

総選挙も間近であろう。民主党、自民党、はたまた新政党なのか。ここは考えないと。

原発と代替エネルギー

次は原子力発電のことである。原子力の平和利用ということで、日本の原発は、発電エネルギーの四分の一の割合を担うにいたった。さらにもっと拡大をというところでの東日本大震災であった。事故の被害は、今後どのくらいの年数で収束するのか判らない。ここ数十日、点検のため日本のすべての原発は止まったままである。しかし七月、政府は関西の夏の電力不足に対応するため、大飯《おおい》原発の再稼動を決断した。

とはいっても、政府の原発政策は不明確なままである。一方、代替エネルギー移行への計画も明確にしていない。首都直下型地震に関する情報や、火山活動の活発化により富士山の噴火もありうるという情報などが先行している。

代替エネルギーに関しては、はやく政府の見通しを発表してほしいものだ。太陽光発電については、設置者に大きな負担がかからず、ある程度の期間をかければ、出資の回収ができるようなアイデアが、いくらでも考えられそうな気がするのだが。風力発電については、外国の風車みたいなものでなく、日本の得意な小型化・効率化をめざすべきだ。そしてそれを高速道路沿いに多数設置していくことも可能であると思う。

雇用と若者

さて、何よりも国民に夢を与えるのは、景気回復ではないか。これだけ不況なのに、ニュースでは、まだ一流企業のリストラ計画が報じられているのである。昨年の就職難は、高校生・大学生だけでなく、一般の人たちの再就職にも及んだ。中小零細企業の倒産も多く、いつまで続くのか不安である。

先日、友人が「今の若い奴らは、就職先を選びすぎだ。選ばなければ職はある。とりあえず食べていくことを考えるべきではないか」と言った。

また、「今の仕事を辞めたい」という若者に、その理由を問うと、「職場の上司が嫌で」とのこと。半年ほどたって、再びその若者に会う。「どうだい？」と聞く。「この四月に配置転換があって、上司が別の部署に移り、今は楽しいです。このまま続けられそうです」とニコニコしていた。

「サッカーの強い国は、経済状態がよくない」と言ったニュースのコメンテーターがいた。

「なるほど」と、最近の日本のサッカーの強さに納得した。
日本は、現在いろいろな面でどん底状態にあるのかもしれない。這い上がる工夫をしないと。

ふたたび映画に協力

公開中の映画「天地明察」のことである。この原稿を書いているのは九月初旬。先日試写会をみた友人が、エンディングロールに私の名もあったという。

一年ほど前のこと、助監督のAさんから電話があった。

「『武士の家計簿』のときもお世話になりました。今度は『天地明察』で算木（小さな木の棒を用いて計算する）や、そろばんについて教えていただきたいのですが」と。

「算木については、簡単な計算法については説明できますが、天文学のような専門的なことはわかりませんよ」と答える。

「それでかまいません。まず、出版社から原作の本を送りますので、読んでいただき、お会いできれば」

数日後、Aさんが私のところに来訪する。

「この本は、面白いことはよいのだけど、数学史的には、ずいぶん誤った記述があるので、数学史学会の監修を受けた方がよいと思いますよ」と応じつつ、算木による計算法を解説する。

Aさんはビデオカメラを回しながら、私の説明を聞きのがすまいという感じであった。あとでシナリオの作成や修正などをするのであろう。

一ヵ月ほど前に、映画会社から電話があった。「おかげさまで『天地明察』が完成しまして、九月上映となります。そのポスターとパンフレットができ上がりましたので、先生にもお送りしたいと思います」と。「どちらも沢山ほしい。九月初めに珠算史研究学会の総会があるから、PRするよ」と言う。数日後、大きなポスター二枚と、パンフレット五十部ほどが届いた。

時代は、徳川四代将軍のころ。主人公の安井算哲（後の渋川春海）は、囲碁の名人でもあるが数学が大好き。大数学者の関孝和も出てくる。日本の暦は、中国からかつて輸入した暦学によって作られていたが、それでは、今年話題となった金環日食の日の計算にも誤りが生じていた。そうした中で、日本独自の暦（貞享暦《じょうきょうれき》）を作り上げる。朝廷が独占していた暦術に徳川幕府が関与したわけである。水戸光圀《みとみつくに》も登場する。

どう仕上っているのか、早くみたいものだ。

人類にとっての改善

「暑さ寒さも彼岸まで」とはよく言ったものだ。今年の夏は「暑いですね」が、誰と会っても最初の挨拶の言葉であった。それが彼岸を過ぎると、吹く風がそれまでとは違ってくるのが肌で感じられるようになるから面白い。地球と太陽との位置関係で、周期により季節がめぐる。理屈ではわかるが、暑い、寒いというのは、日々の人間の生活にとっては重要な問題なのだ。

さて、このほど京都大学の山中伸弥教授がノーベル賞を受賞することになった。iPS細胞の研究で、人間のあらゆる部分の細胞を再生できる可能性があるという。これは医療にとって画期的なことである。病となって摘出した細胞をiPS細胞の移植により、その機能を回復できるというのである。近い将来、多くの病気の克服が可能となるかもしれない。この快挙は、いろいろな面で沈滞気味となっている日本にとっては朗報である。

病気の発生は、暑さや寒さと同様に、人の力ではどうにもできないような自然現象であると思われる。現在、病で苦しむ人たちにとって、いち早い実用が望まれる。

これを記している最中、すでにアメリカでは、八ヵ月前に「iPS心筋を移植」というニュースが入ってきた。患者は現在も元気だと報じていた。せっかく日本人の研究が認められたというのに、その活用の成果を外国に譲ってしまうことになった。ここ、二、三十年の世界の中の日本を象徴する出来事ではないかと思われる。

その時々の人間にとって、不都合なことを都合のよいように改善していく。山中教授の研究も、人類にとって大きな改善の一つなのだと思う。しかし、さらなる高齢化社会の到来ということも考えられる。これも人類の知恵で改善していくことになるのであろう。

今年のノーベル賞の多くの分野にも日本人の候補がいる。嬉しいことである。

誤報と領土問題

前に、山中教授のノーベル賞の朗報後、すでにアメリカで臨床実験が行われていたという記事について記した。実施したと証言したのはアメリカにいた日本人医師ということであったが、誤報であることがわかった。まったくの偽りを大新聞などが報じたのである。その後まもなく犯罪事件で、容疑者と異なる人物の写真を容疑者として掲載してしまうという失態があった。

どうしたことであろう。私もそれを鵜呑《うの》みにして文に記したわけである。誤報道の恐ろしさを思い知らされることであった。信頼できると思われるマスコミの情報も、しばらくしてみないと正しいかどうか判断できないのである。

現在では、人と人との会話同様に、インターネット等での情報交換の場がたくさんある。一つの間違った、あるいは曲解されるような言動や文章が飛びかっている場合もある。良い情報なら問題はないが、悪い情報となると、いろいろな波紋を巻き起こす。今話題のいじめ問題にも同様のことがいえると思われる。誰かが発した個人への中傷が、次から次へと伝播されていく。攻撃された者は、わけのわからぬところで、周囲から無現されたり、つまはじきに合う。そんなことが日常茶飯事に超きているという。現在の情報化社会の中を人は生きているのである。正しい情報なのか、それとも確信のない情報なのか、自分の判断が問われるのである。

さて次は領土問題である。日本には、ロシアとの北方領土問題、韓国との竹島問題、中国との尖閣諸島問題がある。日本は島国であり、陸続きでの領土問題の経験はない。しかも本格的な国際外交は明治以降のことで、百五十年たらずの経験である。中国は六百年前からの支配を主張している。野田首相のいう「国際法による解決」は実現するのか、また日本に有効なのか。

間もなく日本も総選挙となりそうだが、新政府に期待できるのか。

平成二十五年（二〇一三年）

努力・工夫の継続

どの党が中心となるか、どんな連立政権が誕生するのか。この原稿を書いている時点ではわかっていない。新年とともに、新しい政権での日本が発進している。

急速に進展する高齢化社会、原発問題、災害対策、消費税等の国内問題。領土、防衛、TPP等における外交問題。地道でよりよい解決策を講じてほしいと思う。そして、いろいろな面で希望のもてる年にしてほしいものだ。

さて、私たちの生活である。学生の就職率は氷河期が続いている。前年よりは少し伸びているが、それは中小企業への就職が増加したからという。また、中小企業への就職を選択するなら、ほぼ完全就業が可能だという。

企業を経営する友人たちの話しだと、「仕事はあるが利益にならない」と嘆く者が多い。それに対し「仕事があればいいよ」と言う者もいる。いやはや困った問題である。

経済不況といってしまえばそれまでだが、産業をリードする業種、さらにそれらを支える産業構造が、かつて経験したことのないものへと変容していることも事実なのであろう。

政府も学生も経営者たちも、思い通りにいかないと嘆いていても仕方ないのである。やはり発想の転換というか、柔軟な思考による努力・工夫をしていかなければならないのだ。現在の自分が置かれた環境に合わせて、少しでも希望に合った状態になればよいと思わなければならない。

私たちの先達《せんだつ》も、時代は異なるかもしれないが、理想と現実の間にいつもつきまとう難局を乗り越えてきたのだ。時代はいつも変わっていくものであるということを再認識し、日々努力を怠ってはいけないのである。しかし、それを維持していくことは難しい。上手に気分転換をし、ストレスのないようにすることが大切である。

さあ、今年もお互い明るく元気に過ごせるような努力をしていきましょう。

カミさんのケガ

昨年十一月末のことである。カミさんが家の中にある段差に滑ったか、つまずいたかした拍子に右手首を痛めたという。翌日、整形外科での診察を受けると、骨にヒビが入っているという。間が悪かったということだろうが、幸いなことに骨折ではないから、固定ギブスではなく、毎晩外して包帯を代えられるタイプのギブスで患部を治療することになった。全治一ヵ月余りということであった。

右手が使えないということで、困ることを列挙してみる。①洗濯物干し、②食事の準備と食器洗い、③包帯の取り替え。この三つの仕事が私のすべきこととなったわけである。

洗濯物は部屋干しでもかまわないので、必要な時に頼んでくれということになった。実際には当初の三日ほどだけで済んでしまったと思う。あとは、カミさんが自由に使える左手と包帯から出ている右指先を使って作業を行ったようである。

食事は私の提案で、毎晩鍋料理ということになった。これが一番簡単だからである。野菜もたくさん摂取できるし、肉、魚介類、豆腐をぶち込めばタンパク質も十分取ることができる。

炭水化物は、めん類、ご飯、さらに餅などを仕上げで入れて食する。毎晩これが続いた。今は、いろいろな鍋用のスープの素があるので楽である。後かたづけの食器洗いも量が少なくてすむし、ゴミ処理も難なくできた。

あとはカミさんの右手に巻かれた包帯を入浴前に外し、入浴後に湿布を取り替え、手首固定のギプスをつけ包帯を巻くだけである。これが年末まで続いた。

こんな簡単な手伝いで済んだことに感謝しなければいけない。病気もいやだが、ケガも怖い。この一年も無事で過ごせますようにと、お互いの健康を祈る正月のあいさつとなった。

日本は？ 自分は？

国際問題解決への道

中国による日本の領海・領空侵犯。つい最近のロシアによる領空侵犯。韓国との竹島問題以来、領土とは何か、各国間における歴史的問題をどうとらえたらよいか、という問題が続いている。

また、公害物質であるＰＭ２・５が風の影響で、中国から日本の上空に飛来してきている空気汚染の問題、北朝鮮による核実験等が、私たちの生活に大きな不安を与えているのが現実の国際情勢である。

経済的には、アベノミクスといわれる安倍新政権の政策により株価の上昇はあるが、外国人投資家による影響が強いようである。ＴＰＰへの参加・不参加も、今後の日本経済を左右することになる大きな問題だと思う。

さて、これらについて、どうあるべきか、どうすべきかなのかを論ずる気はさらさらない。ただ言えることは、どの点においても関係国と納得できるまで、きちんと話し合える場を積極的につくり、対応すべきだということである。国際的理解が得られるような解決への道を模索し、新ルールを確立していかなければならないのだ。日本が国際問題解決のリーダーになる覚悟が必要なのだと思う。

日本は戦後、多くの対外的交渉について、最も大切な問題点を後回しにして、あいまいに処理してきたのだ。そうすることが、日本の特質であり、美徳とさえ自負してきたのだと思う。

今はかつてとは大きく違う。先に述べたような回避できそうもない諸問題が噴出してきているのだ。その一つ一つに真摯《しんし》に対峙《たいじ》していかなければならないと考える。日本の主張と相手国の主張とを、しっかり論じ合い、解決策を導き出していくべき新たな時代となっているのだ。ことにあたる政府、さらに官僚の活動に期待するほかない。

悠然と生きる

さて、生活保護に対する見直しが論じられている。

先日、私の出席したある会で、某大学教授が「福祉と社会福祉」というテーマで講演された。「福祉」という言葉の語源は、漢の時代の中国の書にあるという。それは「与えられた人生を悠然《ゆうぜん》と生きていく」という意味であるという。そうするには、自分の努力、さらに家族との関係が最も大切であると思われる。自分の家族だけでそれが保たれなければ、近所つまり地域の援助が必要となる。それがいわゆる地域福祉ということになろう。さらに、それでも維持困難な場合に、行政が関与する社会福祉となるのである。

本来、自分の人生は、本人さらに家族の構成の中で完結されるべきである。しかし、それで不足の場合は、近所の手助けが必要となる。ところが、現在の日本はどうなのだろうか。家族という考えが希薄となって久しいし、近所付き合いも同様となっている。そこで、どうしても行政による保護政策が必要ということになる。

以前にも述べたが、かつては親・子・孫が同居する大家族という生活様式だったのが、親・

子だけの核家族が主流となってきた。しかし、今では一人暮らし世帯が急増し、核家族世帯の数を上回っているという。つまり、多くの人たちが家族を頼りにできず、老後は地域福祉・社会福祉で支えられることになっていくのである。

少子高齢化が進む現在、国や地方行政の福祉予算が増大し続けている。さらに、年金問題もからんで、社会福祉政策も大変なことになっている。

さて、そのような時代ではあるが、個人としては、やはり「与えられた人生を悠然と生きていく」という本来の福祉を求め、常に備えていくべきであろう。

アベノミクスとこれから

パソコンにかじりつきの友

先日、数年前に定年を迎えた友人を訪ねた。昨年暮れまで週三回ほどのパート的な仕事をしていたが、今年からは完全に年金生活に入ったという。訪ねた時、彼は部屋の机の上のパソコンを見ていたようであった。

「どうだい。元気にしているかい?」と聞くと、

「毎日プールに通っているよ。そして二ヵ月に一回は、病院通いさ。今のところは別に退屈はしていないけど、これからが問題だと思うよ。そのうち何かしないといと思っているところだ。お前はどうだ?」

「俺は、仕事の面は相変わらず現役だよ。今はボランティア活動的な役職が忙しくなってね。そちらの活動が一日に半分ほど占めているよ」

「そうだったな。いいよな。することがたくさんあって」

「いいかどうかわからないけど、どれも長く続いているよ。会議やらが結構あって、脳の活性化とか運動になっているんじゃないかな。ところで、パソコンで何をしていたんだ?」

「株だよ。退職金の四分の一で株を買っていたんだ。その時は買いごろと思って、すぐに利益が出ると思ったんだけど。急に株価が下がり出して、あっという間に半分の価値になってさ、いわゆる塩漬状態が続いていたんだよ。ところが、今話題のアベノミクスだよ。ここ四ヵ月で投資額に戻ってね。今は少し利益が出ているといったところなんだ。まるで夢でも見ているようで、昨年暮れからパソコンにかじりつきだよ」

友人は、パソコンを見つつ、テレビもつける。株専門番組のテレビ画面は、文字が常に右か

ら左へと移動している。そして、ニュースでよく見るドル・円相場や平均株価などの数値が、数秒ごとに変化をくり返している。

株価上昇の影響

友人の話は、まだまだ続く。

「いやあー、驚いたね。指導者の発言一つで、現状がこんなに変わるなんて初めての経験だよ。安倍首相や黒田日銀総裁の強い一言だけで、わずか数ヵ月で株価が一・五倍に値上がりするんだ。これから、アベノミクスの最後の矢である政府の政策が本格的に発表され、実行されていく。株価がさらに上昇し、日本の本格的経済成長につながるのか。面白いね」と言葉が弾む。

「半年ぐらいたたないと、この株価の上昇が景気回復に良い影響を及ぼすか判らないというけれど。でも今までの閉塞《へいそく》感よりはいいか」と私は言う。

「そうなんだよね。俺にとっては、そんなことより株での利益がもう少し上って、いつ売ったらよいかということなんだ。今日なのか、明日なのか、それとも一ヵ月後か、半年後か、一年後なのか。刻々と流れる株価の上下を見ていることが今一番面白いよ」

「そうなんだろうな。適当なところで手を打たないと」

「そうなんだ。でもとにかく損をしないですみそうだ。本当にアベノミクスのおかげだよ」

本来の私の友人宅訪問の目的は、小学校時代のクラス会のことであった。その後、何人かが集まり企画会合が始まり、日時・会場が決まった。クラス会の日までに、友人がどのような成果をあげられているか、楽しみなことである。

株等のリスク投資をしている国民は十パーセントにも満たないという。このアベノミクス効果、つまり日本の景気回復が、少しでも多くの国民が満足できるものであってほしいと思う。

さて、心配なこともある。安倍首相は憲法改正も政策の一つとしている。こういうことこそが本格的に議論されなければならない。

友人の画家と私

中学時代のサッカー

まず私の友人の画家、水村喜一郎君のことである。彼には、かつて青色申告会の行事で特別講演を依頼したことがある。

水村君は九歳の時、感電事故で両腕を切断している。両腕を失って困ったことは、鉛筆を口にくわえて文字を書くことだったという。ミミズがはったような字になる。ところが鉛筆を口にくわえて絵を描くことは、いっこうに苦にならなかったという。彼は、両腕を失う前から絵を描くことが大好きな少年だったのである。今では、困っていた文字も鍛練《たんれん》によってすばらしく上達し、作品として高く評価されている。

さて、私たちは中学生の三年間、サッカーに興じた。「サッカーって、何？」と聞かれるほど、当時はマイナーなスポーツであった。Jリーグの誕生、ワールドカップ出場、熱狂的なファンの存在など、とうてい考えられない五十年以上も前の話である。

前にもふれたが、墨田区内でサッカー部のある中学校は私たちの一校だけ。つまり公式試合はすべて都大会への出場であった。私たちは一年生だけのチームで、上級生は一人もいなかった。高校生になったばかりの先輩がいっしょに練習してくれた。その先輩たちは、都大会で三位に入賞していた。とにかく自由でワクワクする環境だった。

梅雨時で大雨、泥田のようなグラウンドでの初試合のことであった。ルールはまるでわからない。練習をしていたのはボールを思い切り蹴ることだけ。スパイクもはいていない。背番号もはっきり読みとれないようなボロボロのユニホームを着ての試合である。相手チームは、スパイクもユニホームも格好よかった。試合開始の主審のホイッスル。センターフォワードだった水村君めがけ相手のフォワードが突進、彼は脚をすくわれ頭からグラウンドへ倒れた。改めて水村君には身体を防御する両腕がないことを知った。そんなことも忘れてしまうほど、彼は快活な少年であったのだ。もちろんその試合は、七対〇の完敗であった。

夢の実現

水村君は、サッカーだけでなく、好きな絵、とりわけ油絵を描くことに没頭していく。そして、高校時代に華々しく画壇にデビューするのである。ある美術展ですばらしい賞を受け、新聞やテレビで何度も彼の活躍が紹介された。だが、彼はそれを心地よくは思っていなかったのだ。当時の作品は、恩師のアドバイスが強すぎて、自分本来のものではなかったという。悶々《もんもん》とする日々が続いていたようである。

大学生時代から、名だたる画家たちと交流を深めていく。自分の納得する作品を描き続けることだけを考えてのことである。だから、彼の画歴には、高校生時代のことはなく、大学卒業以降のことしか記されていないのだ。

そんな水村君が、ちょうど一年ほど前に、若いころから思いえがいていた自分の美術館を建てるという夢の作業を開始したのだ。いや、もっとずっと前から準備はしていたのだ。

昨年の夏、地鎮祭に招かれたが、所用があり出席することはできなかった。秋の上棟式には参加できた。長野県東御《とうみ》市の海野宿《うんのじゅく》の近くの千曲川のほとりに水村喜一郎美術館が完成した。一見教会風の木造建の小さな美術館である。初心を忘れず、熱き少年時代からの作品と向き合って、さらに前に進む……そんな想いが彼の心の中にはあるのだろう。

幼児へのそろばん教育

さて、次は私のこの一年である。

昨年春のこと、ある保育園のオーナーが訪問、幼児にそろばんの指導をしてほしいとの依頼があった。私は忙しく、曜日・時間を指定されても無理なこと、本校の教員でよいのならお引き受けすると応えたものの、さて若い教員にその任が務まるのか。私も二十歳代から教具・教材の研究はしてきたが、理想的な開発はできないでいた。なんとか教員が授業をできる態勢を整えなければならない。三ヵ月ほどの準備期間で、幼児向けの教具・教材を具体的に仕上げなければならないのである。

そろばんには、抽象的な五・十・五十・百などの数の概念がともなう。つまり、それを同じ大きさの玉で表すのである。小学生でもなかなか理解できない生徒が多く、指導に苦労するのである。幼児にそのことを理解させるには、どうしたらよいのか。

かつて何人もの仲間と議論していた時は、数を面積的にとらえるということに重点を置きすぎていた。その発想を体積的にと考えた時に、「これだ」と思われるアイデアが浮かんだのだ。その時、かつての今は亡き友人、また亡き先輩たちの顔が浮かび、「それ面白いよ。誰も思いつかなかったこと。やるしかない、頑張れ」と、背中を押された感がした。そのことについて何人かの知り合いに話すと、「特許とか実用新案を申請するといい」と異口同音に言われる。

まず、虎の門にある特許庁の相談窓口へ行く。そこでいろいろな相談先を教えてもらい、数ヵ所を当ってみる。自分の労力だけで申請が簡単にできるのではと考えていたが、どこで聞いても難しそうであった。

教員に、特許庁へ何度も通ってもらい、数千・数万という資料から似た案件を抽出。最終的に弁理士さんに特許申請を依頼することになった。墨田区からも知的財産権のこととして助成金をいただけた。

今年一月、私の開発した教具は、特許取得にはならないという通知が届いた。残念であるが仕方ない。それでは実用新案の申請だ。六月に実用新案登録証（五月十五日付）が届いた。考案の名称「教具」、実用新案権者・考案者には「吉田政美」と記されていた。

水村君も私も、いろいろ忙しい一年であった。彼の美術館の今後の運営、そして私の実用新案権の行く末は、果たしてどうなるのであろうか。

両陛下の美術館訪問

美術館オープニング・パーティ

六月二十三日に、水村喜一郎美術館のオープンを記念する集まりを実施した。墨田区からはバス一台で、私の友人を中心に三十一名が参加した。水村君が在住する千葉県鴨川市からもバスで二十名以上が。そして長野県東御《とうみ》市長をはじめ、水村君を応援する方々が、遠くは山口県からも集まった。総勢百名を越えていた。

駐車場に五張のテントを設営してのパーティとなった。水村君の挨拶、東御市長、近くにある梅野記念絵画館長、これから美術館の後援会長となる方の祝辞があり、私の乾杯の音頭となる。墨田区長からの祝電も披露された。エレキバンドの演奏もあり、楽しい雰囲気の盛大なオープニング・パーティとなった。参加者も異口同音に「来てよかった。こういう経験はめったにないこと」と喜んでいた。中には、水村君に絵の注文をされる方も数名あった。

そんな忙しい企画も終わり、ほっとしていた矢先の七月半ばのことである。水村君から電話があった。「八月の後半に、皇后陛下がお見えになることになった。日程が決まったら連絡する。今回は何人かを同席させられそうだから、吉田も都合をつけて来ないか」とのことであった。

両陛下と水村君との交流は、三十年以上も前のある展覧会で、水村君の出品した「柿」の絵に、当時は皇太子妃であった皇后陛下が関心を示されたことから始まる。これまでに天皇陛下とは四度、皇后陛下とは五度のお目見得があったという。

私は、「土・日だと何とか都合はつくけれど、平日だと難しいな。でも、こういう機会は、まず無いことだろうから、何とかしたいな」と答えていた。

とにかく驚きというしかない電話であった。

両陛下の笑みと笑い声

その後、何度かの連絡で、天皇、皇后両陛下の公式訪問となること、五人まで同席者が許されること、そして、長野県警の度重なる事前調査が大変であること、などがわかった。ご訪問の日程が八月二十五日の日曜日午後四時ということになる。

当日、午後になると県警の警備が本格的になる。東御市の地元民の歓迎は、海野宿《うんのじゅく》の入口にある神社だけでということになる。三百名ほどが両陛下を迎えたという。その場所から一キロほど離れた美術館の前の通りは封鎖された。小さな美術館内には、五十名ほどの報道取材陣でごった返しという状態であった。記者たちは私たちにもいろいろと質問する。宮内省の職員だろうか、写真を撮る位置、記者たちの退出タイミングなどを説明していた。

予定より五分ほど遅れて、両陛下ご到着。同席を許された私たちは、館内の中ほどにある受付内で待機。水村君が、六十点ほどの展示作品の一つ一つを、両陛下に説明、案内を始める。両陛下は、笑みを浮かべ楽しそうに「ここはどこの風景ですか？」などと質問されながら、ゆっくりと水村作品をご鑑賞される。時々笑い声も聞こえる。

いよいよ両陛下が私たちのところに。水村君が「いつも僕を支えてくれている人たちです」と紹介してくれる。私たちが会釈すると両陛下も会釈される。私は、とっさに「ありがとうございます」と言っていた。その時、私の耳にも「ありがとう」という言葉が聞こえた気がした。私たちの誰かが私と同じように発したものと思っていたが、天皇陛下がおっしゃったものだと、後の皆との会話の中で知った。

ただただ驚きと感動の一日であった。

ずばぬけた人間の魅力

仕事の合間をみて、プロ野球の日本シリーズをテレビ観戦した。最近は一般のテレビ放送では、野球中継がほとんどない。スポーツニュースを見るだけの私にとっては、久しぶりの放送に新鮮さを感じた。しかし、名前や顔が一致しない選手が多かった。特にパリーグ優勝の楽天の選手は、スポーツニュースによく登場していた田中投手を除いては、初めて知る選手たちばかりであった。

申し訳ないが、私は野球にはあまり興味がない。けれど今年のいわゆる負けないマー君の活躍には、とても感心していた。

アメリカのワールドシリーズのチャンピオンになったボストン・レッドソックスの上原投手の活躍も興味深かった。また、彼の息子のインタビューへの、「エキサイテッド」という単語だけの答えも微笑《ほほえ》ましかった。

野球選手に限らず、ずばぬけた人間の躍動は、ワクワクするものであるから、思わず見入ってしまうのであろう。

マー君が、第六戦で負けてしまった。さあ最終決戦はどうなるのか。友人たちに「今回のシリーズの予想は?」と質問すると、ほとんどの者が「楽天に勝たせてあげたい」と言った。クライマックスシリーズ（いわゆる敗者復活戦）で、マー君はクローザー（抑え投手）として登板している。最終戦もありそうな気がしていた。なにしろ今年の国民的主役の一人である。案の定そうなった。私のよく知らなかった若い選手たちのハツラツとしたプレーは、野球界での世代交代を感じさせる思いがした。

さて、来年二月には、冬季オリンピックが開催される。私もやはり、日本の若い選手たちの活躍に目が離せないでいることだろう。

スポーツには、面倒くさいことや嫌なことを一瞬、忘れさせてくれる効果があるのだと思う。

平成二十六年（二〇一四年）

期待と不安

今年は午年《うまどし》である。十二支で時刻を表していたころは、午の刻は昼の十二時であった。だから今でも昼の十二時ちょうどを「正午」という。それより前は「午前」、それよりあとを「午後」という。

さて、今年はどんな年になるのであろう。いわゆるアベノミクスで、バブル経済崩壊後、長く低迷してきた日本経済は、本当に立ち直れるのであろうか。昨年十一月ごろから、一部の企業が給与のベースアップを実施し始めたようだ。いちおう政府の思惑どおりに、所得向上が進行しているように思われる。

さらに、政府は四月からの消費税を八パーセントに、また一年半後には十パーセントにする方針を決めている。物価が上昇するのは確実なのに、国民の所得が増えなければ、それに対処する方法がみつからない。企業も、それなりに節約できるところはして対応しても、それは正規雇用者だけのベースアップではないか。非正規雇用者はどうなるのか。年金も減額しつつあるという。収入の増加が望めない者との格差はどうなるのか。期待要素と不安要素が入り混じる昨今である。

本来なら不況期の対策は、減税なのであるが、今まで政府がとってきた様々な政策は効果がなかったのである。不況からの脱却が消費税率のアップがあってもできるものなのか。安倍政権の手腕に期待するしかないのである。

さて、こういうことは、いつの時代もくり返されてきたこと。「何とかなる」「何とかする」という心構えを、すなわち、早めの対応を意識していくほかはないのである。どうしても自分の力では何ともならない場合は、行政に頼らざるをえない。そういう方たちが増えると行政も大変なことになる。「政府の皆さん頑張って」である。

私は今年も「忙しい、忙しい」と言いながら、生活していくのであろう。

コンピューターと悪戦苦闘

コンピューターとにらめっこ

昨年末のことである。我が家では、毎年、年末には帳簿の整理をしている。つまり、翌年度の確定申告の準備で、打ち込まれたコンピューターの資料を申告会事務所に持参し、指導を受けることを続けているのである。

我が家の帳簿に関する会計担当はカミさんである。私が申告会で、昨年度の資料が入るコンピューターチップをみてもらい、一部修正をしてもらう。そして、「このままコンピューターに戻せば、大大丈夫ですよ。この続きを入れといて下さい」と言われる。

その翌日、カミさんが、長い間コンピューターとにらめっこをしている。

「どうした？」と私が聞く。

「おかしいのよね。入力したいページが開かないのよ」と、困った様子。

「操作が間違っているんじゃないのか」と、私がトライしてみるが、どこをどうやってみてもカミさんがしていたのと同じ画面しか出てこない。つまり、申告会事務所で間違いを修正してもらったと思われる一つの画面だけしか出てこないのである。

このような場合は、事務所に電話してたずねればよいと思ったが、あいにくの土曜日で、事務所は休みである。また、我が家のコンピューターの扱いに慣れた若い者に助けてもらおうかとも思ったが、やはりあいにく出かけていていないのである。

年末の決算の整理は、毎年のことではあるが、私とカミさんが二人で、ある程度集中できる時間と日程で行っているものである。この日、この時間を逃すと、年内に終わりそうもないし、予定表をみても年始めでも難しいようである。

「今日じゅうに何とかできないか」と、コンピューターとの悪戦苦闘が始まった。

成せば成る

わかれば何ということでもないことが、わからないとなると大変である。「さて、どうするか?」である。私もコンピューター操作は苦手であるが、「時間がかかっても何とかしよう」と決心する。もう一度、初めからやり直してみる。

我が家の青色申告に関するコンピューターのページの帳簿は、現金出納《すいとう》帳が二つ、銀行関連のものが二つである。現金出納帳の一つの入力画面が出てこないのである。

まず、何とか検索できる画面を出す。それすらも試行錯誤という状態であった。そこに該当すると思われる文字を入力し、検索ボタンを押すが、思い通りにいかない。

しばらくして、カミさんが「総勘定元帳《そうかんじょうもとちょう》の○○○現金にして検索してみて」と言う。その通りにしてみると、なんと、望む画面がパッと出現した。まさに「バンザイ！」である。さあ、これで追加項目が入力できる。ああ、よかった。しばらく画面をみていたカミさんは「これだったら、別の項目を選択していれば、苦労しなくてできたかも」と、悪びれた様子がない。

二時間ほどの悪戦苦闘の謎解きゲームであった。でも、二人の力だけで何とかなったことは事実であり、嬉しいことでもあったのは確かだ。大袈裟《おおげさ》ではあるが「成せば成る……」である。これで、正月に銀行通帳に記帳して、それを入力しさえすれば決算、つまり確定申告ができることになる。

コンピューター操作に関しては、今まで我が家の若い者に頼りっぱなしであった。これを機に、彼らからしっかりと教わり、もう少し取り扱いの向上を図りたいと思った。

毎年、今回と同様なことが二～三回はあった。今年も同じようなことがあると思われるが、カミさんも私同様、向上心はあるようだ。

あれから三年

東日本大震災から三年が経過した。震災当時、私は都庁で会議の最中であった。新宿から歩いて帰宅した。家に戻り、テレビで津波の放送を見てびっくりした。大堤防を乗り越えた海水が、車、さらに家を押し流していた。恐ろしくてただ唖然《あぜん》とするだけであった。

放送倫理によるのであろう、当時、人的被害の無惨な姿は、ほとんど放映されなかったと思う。一方、自衛隊員の救助活動の悲惨さは、よく取り上げられていた。また、福島原発事故の処理に当たった東電社員・作業員、消防のレスキュー隊員の不安さは、いかばかりであったか。

三年たっても、被災地の多くの方たちは、仮設の避難所などで暮らしている。しかし、そのような公的支援も期限をともなうものである。

今年一月、私が通う病院でのこと。江戸川区で避難生活をしている女性と話をする機会があった。その方は言った。

「もうすぐ今いる住宅を出なければなりません。でも、もう戻る場所はないのです。子どもがいて、いっしょに暮らそうと言いますが、どうするか迷っています」

七十歳代の女性であった。その方は、神戸大震災、新潟大震災、そして東日本大震災に遭遇したという。三回にわたる被災、そういう不運な方もおられるということを知った。今は一人で生きていくことを考えているという。

今年の三・一一前後のニュースでは、避難生活者たちの困難さをさかんに伝えていた。いろいろな支援対策の期限の切れるころなのかもしれない。

人口の密集する関東地域で大震災となったら、どうなるのであろうか。行政も、被害のシミュレーションの大幅な見直しをしているようであるが、私たち自身も次のようなことを常に念頭に置いておく必要があると思う。食料の備蓄、生命があったら生き抜く覚悟、周りと助け合うこと、行政に頼り過ぎないこと、等であろうか。

百歳、伯母の死

四月一日、伯母の訃報《ふほう》が入った。百歳と三ヵ月の長寿であった。私の母は二歳違いの妹にあたる。

もともとは墨田区（向島区）内に生活していたが、戦時中に祖父の経営する工場を、山梨県の山間《やまあい》の町に移転して、祖父・伯母・従兄《いとこ》の三人で暮らした。戦後になっても東京には戻らず、空気の良いその地に定着した。

私は小・中・高校生まで、毎年夏休みには、その家で長く過ごすことが恒例となっていた。わずかな時間だけ工場の手伝いをし、あとは近くのゴーゴーと音を立てて流れる川で遊んだ。水が冷たくて長くは入っていられない。体が冷えると、日の当たる大きな石の上で暖をとる。「ころがし」という方法で鮎《あゆ》釣りなどもした。それは少し重めの重りをつけ、その下に釣針をたくさんつけて川底に沈め、上流に向けて転がすと、その針に魚がかかるというもの。釣果《ちょうか》は伯母がフライなどにしてくれた。あの独特の味は今でも忘れられない、旨かったな。まさに、そこは私の田舎《いなか》、故郷であった。

伯母は九十歳近くになると認知症となり、従兄夫婦が介護に当たった。そして間もなく特別養護老人ホームへの入所となった。私の母と同様であるが、息子の名前も顔もわからない。さらに、介護者がいないと何もできない状態になっていくのである。昨年は、総理大臣、県知事、市長などから、百歳のお祝いを頂いたようである。

私とカミさんは四月一日より二泊三日の日程で温泉旅行を計画していたが、二泊めの宿をキャンセルして、通夜・告別式に参列した。なつかしい親戚と、お世話になった伯母のことを語り合うことができた。合掌。

母であるが、四月四日、順番を待っていた特別養護老人ホームに入所できるという連絡があった。伯母よりもさらなる長寿を全《まっと》うしてほしいと思う。

料理店でのクレーム

先日、ある会での会食のことである。わりと有名な日本料理店で、和気あいあいとした雰囲気で始まった。刺身が出てきた時のことだった。私の隣りに座ったAさんが、説明のあったカンパチを食べて不満気であった。「固い、これは刺身ではない」と。確かにAさんの皿にある二切れほどの刺身は、私たちのものとは色合いが異なっていた。本当に固かったのであろう、Aさんは二切れ目を口に入れたが「これは食べられない」と、口から出した。係の人にそれを伝えると、「部位が腹身の方だったのかもしれません」と、別の刺身を持ってきた。

かつて知り合いから聞いた話がある。有名な古老の作家との会食の時、配膳された小鉢の中にある小芋だか、豆だか忘れてしまったが、周りの人のものと見比べて「私のは一つ少ない」と言い出したという。すると仲居さんが「申し訳ありません」と、一つを追加したという。期待した料理に異和感を覚えたら、その後のことは想像するに余りある。Aさんにとっては、とんだ災難となった会食であったろうと思う。

そういえば、その会食の前に入ったコーヒー店のことを思い出した。私の座った席からは遠い所で「ガチャ」という音が聞こえた。少しして店長らしき男性の謝る声が聞こえた。おそらく店員が飲み物を落としてしまったのであろう。その客であろう若い男女が、私の横の席に移動してきた。そして間もなく店長らしい男性が「申し訳ありません」と、飲み物を運んできた。若い二人は、何事もなかったように話し出した。

こういうことは、よくあることだとは思うが、心地よく食事をしたいし、お茶を飲みたいものだと思う。同じようなことが重ねて起きる日であった。

気をつけよう、一人暮らし

先日、七十歳代の近所の女性が亡くなられた。私の孫がその方とお会いすると、よくお菓子などをいただいていて、いつもお元気そうにしていた。遠くに職場のある息子さんは、平日はいなくて週末に戻ってくる。そのような生活をされていた。一人暮らしとなる火曜日に友人たちと楽しく会食をした後、自宅に戻ってから倒れられたようである。いつものように金曜日に帰宅した息子さんが、玄関で倒れている母親を発見したそうである。その週は雨が降り続いていた。死因解剖の結果は心筋梗塞《しんきんこうそく》であったという。

人はいつどうなるかわからない。具合が悪くなった時に、周りに誰かがいてくれないと、自分ではどうしようもないことが多くある。私の父も、風呂に入り急に具合が悪くなり、這《は》って居間に来た。私はすぐに救急車を呼んだ。やはり心筋梗塞であった。二週間ほど病院で手当をしてもらったが、そのかいもなく逝《い》ってしまった。

私は社会福祉の役職もしているが、一人暮らしの突然死が続いている。現在では、一人暮らし生活者の割合が、核家族世帯を上回っている。

一人暮らしの方は、常に毎日、それは無理でも二～三日に一回は、家族や友人、またはなんらかの機関と連絡をもつようにすべきである。また、連絡先のない方は、何か一つ地域のサークル活動に参加するとよいと思われる。これも一つの例ではあるが、数ヵ月前のこと、ある配食会社の担当者が弁当を届けたが、取りに出て来ない。家の中には電球がついているので、安否の確認調査をしてほしいと依頼してきた。数時間後、その方は配達時間前に外出したということがわかり、無事解決した。郵便配達や新聞配達でもこういう例はある。

一人暮らしの家族をもつ方は、何かしらの方法を考えて、その方の安否確認に気をつけたいものである。

友人たちの活躍をめぐって

やっと果たせた役割

六月から七月にかけての一ヵ月の間に、次のようなことがあった。慌ただしく過ぎ去っていったが、なぜか充実したひと月であった。

まず、OT君のことである。彼は、よくY新聞のコラムの挿画などを担当している版画家である。彼との付き合いは四十年くらいであろうか。彼が版画家をめざした当初、彼の名刺には「無名の版画家、OT」とあったことを今でも鮮明に覚えている。

さて昨年、私の所属するある団体の六十周年記念に、彼の作品を記念品としようということになった。依頼の任が私に課せられた。私にとって、彼にそのことを伝えることは何でもないことではあったが、その予算には唖然《あぜん》とした。「それではヒドすぎる」と反論したものの、理事会の雰囲気は、どうも覆《くつがえ》りそうもない。「いちおう話してみます」と答える。

私が頼めば、彼は「ノー」とは言わないと感じてはいた。やはり「はい、わかりました」と彼は答えた。しかし、私としては最低限出してほしい予算があった。先の理事会で、少し多めに作品を刷ってもらい、残部は私が販売し、その利益を彼に支払うことで了承してもらっていた。もちろん彼には話していない。半年前にそれは決まっていたが、彼と会う機会をつくれないでいた。ところがある日、Y新聞に彼の個展の案内が掲載されていた。これはチャンスだ。

翌朝、カミさんを誘って会場のある柏へ向かった。個展の初日ならば、彼はきっといるはずである。ほぼ四年ぶりの再会であった。ことの経緯を話すと、彼も「思いもかけなかった」と、私からの寸志を喜んでくれた。

私の役割を、二年越しでやっと果たすことができた。私としては、ホッとした瞬間であった。個展の方は来客もけっこうあり、盛会のようであった。小一時間ほどの会話であったが、OT君の今後の活躍も楽しみだ。

後援会の設立

次は画家のMK君のことである。以前にも紹介したが、彼が昨年、長年の夢であった自分の美術館を長野県東御《とうみ》市の海野宿《うんのじゅく》のそばに建てた。しかし、個人立の美術館の運営は大変なのである。かねてより私は、何か手助けはできないものかと考えていた。つまり後援会の設立である。地元での有力な支援者を中心に組織運営をしなければならない。MK君には、すでにお願いできる方の心づもりがあった。

昨年九月のこと、MK君、地元のK氏、千葉のG氏、そして私の四人で、「MK美術館友の会」の発起人会を開いた。私の提案していた会則・細則の検討と役員構成についての相談である。約三時間ほどで、その骨子がまとまった。会長にはK氏になっていただけることになり、いちおうはホッとしたが、会員募集の企画等は、私がやらなければという気持ちになっていた。

今年二月に別所温泉で、依頼した役員の六割ほどが集い、会費、会則、役員構成の詰めと今後の予定などについての会議を開く。その時に、募集要項も出来上がり、いよいよ三月に発送というところまでこぎつけた。私は副会長という立場になった。

まだまだしなければならないことがある。年二回の会報の発行と設立総会についてである。四月初め、会報の第一号の体裁、設立総会の日程の具体案を提出。MK君には多少不満があったようだが、K会長は賛成してくれた。会報の第一号が五月に発行された。そして六月末に設立総会ができるように会場も決まった。

現在の会員数は百八十名ほどだが、総会にはその二割近くの会員が参加した。いうまでもなく和やかな会となった。しかし、これで終わりとはならない。十月発行予定の会報第二号の編集についても私の任となりそうである。頑張らなければと思っている。

年の差婚の友人

高校時代の仲間が年に一、二度、食事会を行っている。私は仕事の都合等で、ここ四年ほどは欠席が続いていた。

七月のある日、その仲間のK君がやってきた。「どうした。幹事のAも心配しているぞ」と言う。すっかり連絡するのを忘れていた。翌日がその会であった。予定表を見て「明日は、区役所でイベントがあり、役割があって無理だ」と、そのパンフレットを見せると、K君は、「これが終わる時間に迎えに行くよ。みんな待っているから出ろよ」と言う。考えてみれば、私にとっては四年ぶりの友人たちとの再会となる。「わかった」と言った。

私とK君は三十分遅れで、新橋の会場に着いた。すでに九名が来ており、だいぶアルコールもまわっている。私たちよりさらに十五分ほど遅れてT君が到着した。K君もT君も車の運転があるのでソフトドリンクを。もともとこの二人は、ほとんどアルコールを口にしない。

さて、T君の話である。十年ほど前に、彼は私に次のようなことを話していた。四十八歳の時に奥さんが亡くなり、その三年後に現在の奥さんと結ばれた。その奥さんとは二十八歳の年の差結婚であった。先妻との間に二人の子がいるが、彼女はその長男より一歳年上であった。早く子どもがほしいと言っていたが、なかなか授からなかったという。

四年前のこの会で、私が「初孫ができる」と言うと、彼は「もうすぐ俺にも、やっと子どもができる」と喜んでいた。

「息子は元気か？」とたずねると、「来年から幼稚園だ」と答える。また、私が「去年二人目の孫が生まれた」というと、「十月に長女が誕生する」と嬉しそう。「お前、子どもとの遊び大丈夫か？」と聞くと、「何でもないよ」と答えた。T君は子どもの時から自転車のレース、青年のころは車のレースでも活躍していた。体型も高校時代から変わらない。現在、二つの会社を経営する。すごい奴である。

拡大しつつある災害

広島の土砂災害

十月十一日から十三日の連休中に、スーパー台風十九号が日本列島に近づくという。十四日は、私の所属する団体で施設見学研修が組まれている。決行するか中止にするか、十二日の時点で決断することになっている。なにしろスーパー台風といわれ、今までに経験したことのない大きな台風、最大風速が八十メートルを超えるかもしれないという。先週末にも超大型といわれた台風十八号が東京を直撃したが、幸いにも、さほど大きな披害はなかった。このスーパー台風もそうなってほしいと思うが、果たしてどうなるかである。

ここ数年、大雨に関する被害では、しばしば「今までに経験したことのない」という表現がつきまとうし、台風でも「超大型」という形容詞が多く用いられるようになっている。

八月に広島県でおきた土砂災害には驚かされた。被害にあった「安佐《あさ》北区」という地名を知っていたからである。そこには二十年ほど前、私の親類が転勤の都合で数年間住んでいた。そのころ小学生であった私の娘たちを、夏休みの間に預ってもらった地なのである。東京駅で娘二人を新幹線に乗せた時のことが鮮明に思い出された。今回の災害も夏休み中におきているので、とりわけ人ごとではなく思われた。

大雨に弱い地盤に、密集して建っていた住宅。いつも被害が起きてから感じることであるが、自然災害なのか、人的災害なのかということである。広島市の中心に近く、通勤・通学に都合のよいベッドタウンとして開発されたのであろうが、その地域が大雨に非常に弱い土壌であったのだ。開発時からその危険性はある程度わかっていたと思われるが……。

人は数十年から百年ぐらいの間、災害を経験しないでいると、その恐ろしさをすっかり忘れてしまうものなのか。まさに「天災は忘れたころにやって来る」である。

御嶽山の噴火

その日、テレビをみていると、テロップで「御岳山《おんたけさん》噴火」と出てきた。「御岳山？」どこのだろう。御岳は、たしか方々にあったと思った。しばらくして、長野・岐阜県境にある有名な「御岳山」ということがわかった。マグマの流出はなかったようだが、水蒸気爆発という噴火で、五十名以上の死者がでている。

山登りの大好きな友人は、「あの山はね、三千メートルを超える山で、単独で立っていて形もきれいだし、頂上に立つと景色がいいんですよ」と、かつて家族で日帰り登山をしたことを懐かしそうに話した。そんな家族づれでも登れるような山で、不運にも多くの方が亡くなったわけである。死因のほとんどは、爆発で飛んできた噴石や岩が直撃したことによるという。

長野県内を歩いていると、街中でも田んぼの中でも、「こんな所に、なぜこんな大きな石が」と、不釣合に思われる巨石がある光景をしばしば見かける。過去の火山の噴火で飛んできたものらしい、と地元の人に聞いたことを思い出す。日本は火山国、そう考えると、歴史的にくり返されている火山の営みの証拠なのである。今回の御岳山の水蒸気爆発は、噴火の規模としては、そう大きなものではなかったらしいが、飛び散った噴石による農作物等への被害のこともニュースで報じられている。

つい最近、富士山の噴火もあるかもしれないというニュースがあった。いわゆる休火山・死火山といわれている山だって、噴火の可能性があるのだ。また、火山の噴火に連動して地震がおきることも想定される。

大雨や台風をはじめ、あらゆる自然現象が人にもたらす被害の影響が拡大しつつあるような気がする。これは地球温暖化ということが、そのおもな原因なのかもしれない。しかし地球温暖化は、はたして人為的な二酸化炭素の排出だけが問題なのか。それとも、地球規模でおこる氷河期、間氷期における温暖化なのか。いずれにしろ、私たちは今までに経験したことのないような時代をむかえているのであろう。

最近思うこと

お袋さんと認知症

シルバーカーで外出

お袋さん、つまりボクの母親ちよのことである。大正四年（一九一五年）生まれ、今年、平成二十七年（二〇一五年）で満百歳となる。

八十歳を少し過ぎるころまでは、ボクとカミさん、そしてお袋にとっては孫にあたるボクの娘たちといっしょに、年に二～三回は家族旅行にも出かけていた。ところが年々脚が弱くなり、歩くことが困難になっていった。

八十五歳を越すころには、亡くなった親父が残した杖《つえ》を使うようになったが、上手に使いこなせないでいた。

電車が発車するまで、まだ一～二分あって間に合いそうな時でも、途中で立ち止まってしまい、その電車を見送り、次の電車に乗るようになっていった。旅行に行こうと誘っても「私はいいよ。あなたたちで出かけてもいいよ」と言うようになっていった。

出不精になったのは、脚が弱ったためだけではなかった。トイレが近くなってしまったのだ。

車での外出も嫌がるようになり、よほどのことがない限り、車や電車での外出はしなくなった。それでも高齢者が杖代わりに使っているシルバーカー、疲れたらいつでも座れるようになっているので、これを使うようになってからは、近所の外出は何でもないようであった。医者通いやちょっとした買い物は、シルバーカーを使い、一人で行っていた。医者通いの帰りには、ちょっとした菓子を買い、家で孫とたわいのない話をしながら食べるのが楽しみのようであった。

二階の自室への階段の上り下りもだんだん困難になってきたが、上る時は階段に両手をついて上り、下りる時も後ろ向きで同じようにして下りてきた。「まだまだ工夫すれば大丈夫よ」と自慢気であった。

介護認定を受ける

九十二歳のある暑い夏の日、昼食時になっても、いつものように二階から下りてこない。「おかしいぞ」と思い、二階へ上がってみると、クーラーもつけずに窓を閉めて、ぐったりと横たわっている。扇風機だけが回っていた。

「どうした、大丈夫かい?」と声をかけると、寝ぼけたように「うん」と答えるだけだ。すぐにクーラーをつけ、様子が落ち着いたところで、カミさんと二人で階下に下ろした。

その日から一階の応接間をお袋の部屋としてベッドを置いた。簡易トイレもベッド脇に置く。このころから歩くことがさらに難しくなり、病院通いにもカミさんが同行するようになった。

その後、体調が急変したりして、何度か救急車のお世話にもなった。何回か入院を繰り返した後、一人で風呂に入ることができなくなった。カミさん、さらにボクも手伝って風呂に入れたが、身体の安定していない者の入浴は、普通の家庭の風呂場では難しい。ボクの知り合いは「介護するほうもいっしょに入らないと、とうてい入浴なんてさせられないよ。俺はいつもお袋といっしょに風呂に入っているよ」と言った。医者へ通うのも、社会福祉協議会から借りた車イスを使用するようになった。

在宅介護もいいが、我が家では入浴が問題であり、また仕事の都合上、一人になる時間もある。そこで行政の手を借りることとし、介護認定を受けることにした。区からケアマネージャーの来訪があり、判定結果は「介護認定1」となった。

いろいろな介護サービスが低価格で受けられることになる。そこで、介護老人保健施設に週二回程度のデイサービスをお願いした。施設では入浴させてもらえるからである。午前中に迎えに来てもらい、夕方に送ってきてもらう。これに慣れ、問題がないと、宿泊できるショートステイの制度も利用できるようになる。

記憶が不安定に

そうこうしているうちに、お袋の持病である糖尿病が悪化していった。「これからは今までのような飲み薬だけではダメで、インスリンの注射もしなくては」と医師は言う。朝一回腹部に注射をしなければならなくなった。カミさんがその役目をすることになった。

車イスも外出用と屋内用と二台をレンタルするようになった。ショートステイもじょじょに一週間から二週間、そして三週間となっていった。

九十五歳になるころには、夏や冬は一ヵ月以上の長期ステイを頼むようになった。そのほうがお袋にとって楽なのではないかと考えたからだ。またボクたち家族にとっても安心だった。しかし、このころからお袋の記憶が不安定になっていき、家族の名前もわからなくなっていった。そして時おり、「ほら、そこに子どもがいるよ。入っておいで」「何か音が聞こえる」などと言ったり、自分が幼いころの知り合いの名前を呼んだり、その幻覚と話をするようになっていった。

残念なことだが、仕方がない。しかし、有り難いことに、お袋はそういう状態の時でも、言葉を荒げたりすることはない。このような症状は人によってさまざまらしいが、お袋の場合は穏やかでいてくれるので、とにかく助かる。

特養老人ホームへ

九十七歳になり、認知症の疑いが強くなり、検査を受けた。医師から「認知症でしょう。車や車イスでの通院ももう大変でしょう。そろそろ特養老人ホームの入所を申請したら」というアドバイスを受けた。

介護度も「4」となった。何回か申請を重ねるうちに、特別養護老人ホームへの入所判定が「A」になった。入所待ちの人は多くいるが、「A」だと一年以内に入所が可能らしい。ところがお袋のようにインスリンの注射が必要な場合は、それに対応できる施設でなければならない。一年待ったが、順番は来ない。

担当のケアマネージャーが入所できそうな施設をいろいろ調べてくれた。すると、ある施設に空きがあり、去年の四月から入所できることになった。

その直前に、お袋の姉が亡くなった。百歳三ヵ月の生涯だった。山梨県に住み、八十代後半からは特養老人ホームに入所していた。やはり認知症にかかり、家族のこともわからなくなっていた。八十代半ばまでは年に二回くらい一人で東京へ出てきて、我が家へ数日滞在するのを楽しみにしていた。しっかり者の伯母だったが、しだいに同じことをくり返して言う認知症特有の症状がみられるようになった。

その伯母の葬儀の十日後が、お袋の入所日となった。伯母の死については、いまだに伝えていない。

慣れないところへ移ったせいか、入所当日の晩に、お袋は急に体調が悪くなり、施設関連の病院に入院した。胆嚢炎《たんのうえん》だった。担当医は「この年齢での入院は、非常に危険です。そして、今まで通りの回復も望めません」とボクらに説明した。「このまま食事がとれないと寝たきりになり、延命のため胃ろうの処置（胃に直接栄養分を注入すること）をするという方法もありますが、どうしますか」と尋ねられた。

「治る可能性のある治療はお願いしますが、ただの延命措置であれば、この歳ですし……」。

強い生命力

元気なころ、お袋は口癖のように「私はコロっと死にたいね。みんなに迷惑をかけるような寝たきりにはなりたくないね」と言っていた。それは、九十一歳で亡くなった自分の父親が、晩年三年間ほど自宅で寝たきりとなり、亡くなった姉が苦労して介護していたのを知っていたからだと思う。

一ヵ月後、身体が丈夫なのか、運が強いのか、医師の言に反し、お袋は脚こそ以前より衰えたものの、入院前とほとんど変わらない状態で退院し、施設にもどった。

お袋は今までも何度も、医師からは「危ない」と言われてきたが、その都度、今回のようになんとか切り抜けてきた。生命力が本当に強いのだろう。とにかくよかった。あれから半年がたった。

介護経験のある方には釈迦に説法ではあろうが、高齢化社会において、親の介護はいつだれにでも起こりうることだ。ボクの父親は七十九歳の時、心筋梗塞《しんきんこうそく》で入院し、二週間で逝《い》ってしまった。お袋も親父のような死を望んでいるのであろうが、こうなったら姉の百歳三ヵ月は越えてほしい。

さて、ボク自身はどうなるか。

「努力」について考える

功ならずとも

ボクは子どものころ「努力」という言葉は、あまり好きではなかった。なぜかというと、努力すべきことが年齢を重ねるごとに増え続けるし、それぞれに「おしまい」がないからだ。そして、少し怠けていたりすると、「努力が足りない」ということになるからだ。

人生において、しなければならないことはいくらでもあるし、また次から次へと出現してくる。成長するにつれ、家庭のこと、勉強のこと、友人のこと、社会との関わりなど……。そして、してみたいことへの限りない挑戦。

このほど、テニスの錦織圭選手が四大大会の一つである全米オープンで決勝に進出した。世界のトップ選手である証《あかし》である。

彼は五歳のころからテニスを始め、十歳を過ぎたあたりから頭角を現し、才能を認められる。そしていわゆる英才教育を受けた。その間の苦労、努力は想像を絶するものだっただろう。「勝てない相手はいない」という彼の言葉に、それが言い表されている。競争相手以上の練習をし、体力的にも精神的にも相手を上回る状態に自分を鍛えた証である。若くして活躍するスポーツ選手たちはみな、錦織選手と同様に試練を乗り越え、努力を重ねている。

だが、功成り名を遂げる者はわずかしかいない。しかし、功成らずとも、努力したことはいずれ生きてくる。

四十にして惑わず

さて、ボクも四十歳を過ぎたころから、周りの目を気にしないでいられるようになったと思う。誰と接しても臆することがなくなったようだ。自分の考えで自分の道を切り開いてきたと気づいた。それまでは、いろいろやってはきたが、やはり自分にはこれをやるしかない、という決意に欠けていたのかもしれない。四十歳は、やはり孔子言うところの「不惑」の歳なのであろう。

孔子は『論語』の中で「吾十有五而志乎学、三十而立、四十而不惑、五十而知天命」と語ったといわれる。つまり「吾は十五歳にして学問を志し、三十歳にして学者として立つ。四十歳にして何も迷ったり悩んだりすることはなくなった。五十歳にして天から与えられた使命や運命がわかった」ということである。

ボクが孔子と同じように考えるのは、まったくおこがましいのだが、四十歳にして、やっとそれまでにやってきたことに納得できるようになったのだと思う。いや、そう考えるしかなかったのかもしれない。そして今がある。天命を知るなどという境地には生涯なりえないとは思うが。

生き抜く努力

現在、若くして死を選択する者が増えているようだ。さまざまな理由があるのだろうが、生き方や目標を考え直して変更することも必要だ。死に急ぐな、事を急ぐな。

言い古されたことではあるが、死ぬことより、生きることを考えるべきである。生きる努力を惜しまないことだ。生きて、いろいろな経験を積むこと。それが努力を積み重ねることになるのだと思う。

孔子の言う「十五歳、三十歳、四十歳、五十歳」までは最低生き抜くのだ。そして孔子の言葉をかみしめてみよう。

ボクは孔子の言葉をそういうことだと、とらえている。孔子は七十二歳で亡くなったようだ。

ボクたちも「吾六十にして、七十にして、八十にして、九十にして、百にして……」と、自分の考える人生を言葉にして表すよう努力しよう。錦織選手だって引退の時は必ず来るし、その後の人生も続く。

短期間で達成できることも、長い時間がかかることもある。ボクの子どものころのように「努力という言葉は嫌いだ。だから努力とは縁のない人生を歩む」と考えてもいい。努力は必ずしも報われるとは限らないから。

しかし、努力しない限り、道は開けないと思う。一生懸命働いて収入を得て、日々暮らす。それだって立派な努力だとボクは思うのだ。

する側、される側

暴力と「いじめ」の問題

昨今、なぜこんなことを、と理解に苦しむ事件が多くみられる。

たとえば虐待《ぎゃくたい》である。幼児の虐待では、「する側」の親は「しつけのつもりだったが、度が過ぎてしまった」「何度注意しても言うことを聞かない」などという。

しかし、「される側」の幼児には抵抗するすべも、対応するすべもないのだ。虐待がおさまるのを待つしかない。それしかできない。

幼児虐待は年々増加している。「子どもの泣き声で、虐待を感じたらすぐ連絡を」という児童相談所や警察によるPRも行われている。虐待が密室で起きるため、発見には近隣の情報がもっとも重要だからである。学校や病院からの情報も大切だ。

親たちの言うことを聞かずに、同じ事を何度もくり返すのは、幼児の成長過程で、どの子にもありうることだ。幼児虐待は親に問題がある。親自身も自分の行動が危険だと感じたら、だれかに相談すべきだ。子育てに関することは、学校教育でももっと積極的に取り組んでほしい。

また一方で、子どもが親に暴力をふるう家庭内暴力の問題もある。そのような子のなかには「ひきこもり」となり、生活のすべてを親に頼っているケースもある。親もされるがままにならず、適切な機関に相談してほしい。かつては、家のゴタゴタを隠すことが多かった。しかし時代は変わっている。自分で解決できないと判断したら、だれかにどこかに相談すべきだ。

「いじめ」の問題もある。昔から「いじめっ子」「いじめられっ子」はいた。大人になってから「あのころ、お前にこうされた」「えっ、ぜんぜん覚えていない」という話はよく聞く。「した側」は覚えていなくても、「された側」は鮮明に記憶している。

現在は「いじめ」が複雑化しているようだ。「いじめ」を理由に自殺する子どもが増えている。せっかくこの世に生を受けながら、他者のせいで死を選ばなくてはならないのは悲しい。

このような心の問題は、家庭や教育の場で、つねに話題にしてほしい。「する側」と「される側」、置かれた立場によって、天国にも地獄にもなることを子供たちに考えさせてほしい。これは子どもだけの問題とは限らない。

国際紛争問題

次に国際問題に目を向けよう。日本は東アジアに属し、隣国には韓国・北朝鮮・中国・ロシアがあり、それぞれ竹島問題、核や拉致の問題、尖閣諸島問題、北方領土問題をかかえている。

昨年、特定秘密保護法が成立、公布された。安全保障上の秘匿《ひとく》性の高い情報は公開しなくてもよいというものである。また、政府は日米同盟を最重要視するという。同盟国に事が起きた場合、積極的に協力しあうという。つまり、国際関係に緊急事態が起こった時、その内容は国民に知らされず、政府・官僚だけの判断で処理していくということになりかねない。仮にそういう事態が起きた場合、「する」か「しない」という単純な選択肢だけで事を運んでもらいたくない。せめて、いろいろな解決法を講じてほしい。

現在の日本国憲法が施行された年に、ボクは誕生した。憲法では戦争放棄が明記され、平和主義がうたわれている。ボクはこの憲法の下に生まれ、この憲法の下で育ち，今日まで過ごしてきた。日本はよく国際間の紛争問題に関して「平和ぼけ国家」と言われる。それでいいのだ。戦後七十年間保ち続けてきた平和国家。これは日本にとって財産だ。国際紛争に七十年間巻き込まれない平和の良さを世界中に伝え続けたい。

平成十三年（二〇〇一年）、アメリカで同時多発テロ事件が起きた時、被害者の家族である女性が「報復行動の中止」を訴えていたことを思い出す。いろいろな考え方があるが、報復すれば長びく。事実そうなった。

たんに「する側」「される側」というとらえ方だけでは、問題は解決しない。智恵を働かせて、もっとよい方法を人間は創造できると信じている。

トラブルへの対処

法廷の場へ

この一年のことである。ボクの今までの人生で、最悪と思われることが起きた。ボクが新たにしようとしたことに、「それはまかりならん」とクレームをつけてきた人がいた。何度も話し合ったが、相手の言い分がまったく理解できない。さらにその人の主張は会うたびにどんどんエスカレートしていく。

行政機関や弁護士に何度も相談した。どちらもボクのすることに問題はないと言う。「法的に処理するほうがいいですよ。話し合ってもよくなることはなさそうです」というアドバイスを受け、弁護士に頼むことにした。

いろいろな手続きをするなか、それまでのいきさつを整理し、書類を作成しなくてはならない。そのための資料はボクがつくる。

まさに前述したような「する側」「される側」の論理を構成しなくてはならない。相手と面談する度に簡単な覚え書きを作っておいたのが役に立った。相手の言い分を一字一句再現する。

その時「自分の言い分にもおかしなことはなかったか」という反省をふくめ、「あなたのこういう発言が、ボクには腑《ふ》に落ちないんだ」と確認していく。

仕事の合間にこんな作業を続けた。一方的な相手の言い分、思考法を追いかける。これほどの苦痛は、ボクの人生で初めての経験だ。四ヵ月ほど続いた。

生きるということ

そんなある日、仕事をしていると、目に異常を感じた。左目のまぶたが閉じない。「脳梗塞《のうこうそく》か」と思った。夜間診療をしている救急病院に駆け込んだ。診断には長い時間がかかった。結果は「左顔面麻痺《まひ》」で、一週間の入院となる。末梢《まっしょう》神経の影響で起こるらしい。耳鼻科の治療となった。ストレスが末梢神経の機能に作用したのだろう。

さて、裁判所の判定である。ボクの主張が通った。そして、つい最近ボクの新たな計画は無事完了した。しかし、相手はまだ不満に思っているようだ。仕方のないことだが、ボクはもう顔面神経麻痺になるようなストレスはかかえたくない。今後は弁護士と相談して対応していくつもりだ。

生きるということは、いや、生きているということは、常に平穏無事にというわけにはいかないのだと思う。次から次へと対処しなければならないことが出てくる。そのつどベスト、またはベターと思われる方法で対応し、自分一人では手に余るときはだれかに相談する。自分の考え方ややり方が正しいか、誤っているか考える。そして正しいと判断したら、それを成し遂げる努力をする。必要なら弁護士などにも依頼し解決を図る。

今回は、ボク個人だけの問題ではなかったから裁判になった。生きるということにおいては、自分のことだけではなく、親のこと、兄弟のこと、友人のことなど、いろいろな人間関係を考慮しないといけないし、理解しなくてはならないのだと思う。

大変な思いをしたこの一年の経験をどう生かしていくかが、ボクの今後の課題の一つなのだろう。

苦しさと楽しさ

社会的「しがらみ」

「日本には、上り坂と下り坂、どちらが多いか?」というクイズがある。当然、上り坂も上にあがって振り返れば下り坂となるのだから、「同じ」という答えになる。

一方、「苦あれば楽あり」「楽あれば苦あり」という言葉がある。人生のなかで「苦しさと楽しさ」も、先のクイズの答えと同様、「同等であるのか」を考えてみたい。

苦しさは、辛いこと、嫌なことと置き換えられるかもしれない。自分のリズムで好きなことをしている時は、もちろん苦しさは感じられないだろう。それこそ楽しいというか、満たされた心でいるのだろう。ところが、人は成長し歳を重ねるにしたがって、社会的な「しがらみ」に遭遇《そうぐう》するようになる。つまり、生まれ育った家族や環境、友人関係、恋愛、学業、仕事、病気、老後のことなど、さまざまな問題に直面する。それらのいずれも問題なしとする人もいるかもしれない。しかし、どこかで「何とかしなければ」という情況におちいり、それを乗り越える努力をよぎなくされる人がほとんどであると思う。こう考えてくると、一般人にとって、苦しさと楽しさは同等とはいかないようである。

「苦・楽」同等への道

さまざまな問題に直面したとき、まず大事なことは、その課題に真剣に立ち向かうことである。けっして逃げずに、自分が納得できるまで対峙することである。しかし、それでも問題をなかなか解決できない場合、どう対処したらよいのだろうか。

ボクの六十七年間の生活経験においても、先にあげた「しがらみ」が、くり返し押し寄せている。それらを何とかしながら生きているのだ。解決が難しい問題に直面した時、ボクが心がけているのは、気分転換をするということだ。苦しいこと、辛いこと、嫌なことを長びかせないことだ。つまり、どこかで何かしら踏ん切りをつけることだ。そうしなければ、苦しいこと、辛いことが、ボクの精神をダメにしてしまう。

要は、「ものは考えよう」「何事も心ひとつの置きどころ」といった思考を育むことが重要なのだと思う。問題に真剣に取り組んでも、解決を先のばししたり、可能となるまで待つしかないことは多いのである。たとえ思い通りにならなくても、精一杯努力したことによって、自分自身を気分転換へと自然に導いてくれることもある。できないことをいつまでも悔やんでいることが問題なのだ。

つねに積極的にものごとを考えたり行動することが、苦を感じずにことに当たれるという結果につながり、さらには楽しみをも生み出すのである。そうすることによって、「苦と楽」は同等という心境に達することができるのだと思う。

あとがき

一般社団法人向島《むこうじま》青色申告会会報のボクのコラム「忙中閑有《ぼうちゅうかんあり》」は、ボクが校長を務める学校の新聞（「向島珠算学校ニュース」）でも二ヵ月遅れで掲載している。ときおり、生徒の父母や祖父母の方たちからも「楽しみにしています」と言われる。有り難いことだと思う。

このコラムは、ボクのいろいろな仕事の合間に、毎月記しているわけで、世の中や身のまわりの出来事に関心を寄せ、それを文章に表すことが、ボクにとってのほどよい気分転換になっている気がする。

ボクがこの学校で、珠算や学習教科を指導してから五十年がたつ。いろいろな性格の生徒がいた。彼らと電車の中で会うこともあれば、年に一、二度訪ねてくる者もいる。彼らにとって、懐かしい場所のひとつなのであろう。皆幸せに暮らしてほしいと願っている。とくに最近は、心を病むことが多い社会になっているように思われるが、創意・工夫によって乗り越える術《すべ》を身につけてほしいと思っている。たった一度の人生である。日々の生活を楽しくすることが肝要である。

ボクは今、「珠算史」についてまとめたいと思っている。何年かかるかわからないけれど、その構想をノートに記し始めた。専門書ではなく、一般向けの書物にしたいと考えている。

この出版にあたって、編集は元新創社の谷村健次さん、奥様の美知子さんにお願いしました。ご夫妻には十八年前の『ガン病棟の陽だまり』、十二年前の『瞬く間』の出版の際も協力していただいたので、今回もということでお願いしました。ご夫妻は、今は出版関係の仕事をリタイアして、山口県で農業（梨作り）に専念されているのですが、畑仕事の合間をぬってパソコンで本作りをしてくれたそうです。

また、表紙カバーの絵（「運河の夕日」）は、友人の画家、水村喜一郎さんが快く引き受けてくれました。長い付き合いの友人たちに心より御礼申し上げます。

最後に、この本の出版元となっていただいた株式会社草風館さんにも感謝申し上げます。

平成二十七年二月

吉田政美

忙中閑有《ぼうちゅうかんあり》　下町のそろばん学校長日記

著者　吉田政美　©Masami Yoshida

一九四七年、東京都墨田区に生まれる。獨協大学経済学部卒業。向島珠算学校校長、気儘な美術館館長、珠算史研究学会顧問、一般社団法人向島青色申告会副会長、東京都珠算学校協会副会長、民生委員・児童委員、行政相談委員を務める。著書に『ちえのわ』（共著、暁出版）、『話題源数学』（共著、東京法令出版）、『ガン病棟の陽だまり』（荒地出版社）、『瞬く間』（気儘な美術館）ほか、珠算研究論文多数。

発行日　二〇一五年二月一五日　初版

発行所　株式会社　草風館
千葉県浦安市入船三―八―一〇一
電話　〇四七―七二三―一六八八
振替　〇〇一〇〇―九―六五七七三五

装丁者　菊地信義

印刷所　創栄図書印刷株式会社

Co.,Sofukan
tel/fax.047-723-1688
http://www.sofukan.co.jp
ISBN978-4-88323-196-6